# MISA DE ALBA

ENGEL ISLAS

## Mis agradecimientos

*A Sol por su compañía, amor y paciencia, y por las ilustraciones de este libro.*

*Para mi hija Kya, mi motor hoy y siempre.*

*A mi papá, hermanas y hermanos por creer en mí y ayudarme siempre.*

*A mi abuelo que compartió conmigo su sabiduría y sus geniales historias.*

*A Margarita por su apoyo incondicional.*

*Para Ángeles por el prólogo y sus consejos para mejorar estas historias*

**Misa de Alba**


*engelbertiletras@gmail.com*
**Portada e ilustraciones**: Marisol de la Torre (Sol Ilustra)
*sol.ilustra@gmail.com*

**Primera edición**: diciembre de 2021

**ISBN:** 9798788998336
**Sello:** Independently published

# Índice

# Prólogo

Hay un dicho muy conocido que dice “Pueblo chico, infierno grande”. Esta frase popular, utilizada no sólo en México, sino en América Latina, refiere a los dramas vividos en territorios pequeños, luchas entre los habitantes de zonas rurales o que los pobladores mantienen dentro de sí mismos; refiere, por extensión, a las historias de Misa de Alba.

Ya ha pasado más de medio siglo de las obras de Agustín Yáñez en las que se retrataron las vivencias de los habitantes del norte de Jalisco. Ahora la visión de la región jalisciense de los Altos aparece en este libro a través del pueblo de Toxayak, un sitio ficticio que, sin embargo, congrega rasgos que desde un citadino hasta un foráneo distinguiría como un mundo tepatitlense, yahualicense o cañadiense, este último gentilicio, por ciento, enmarcaría también a Engel Islas, autor de las narraciones.

La mención de Yáñez aquí no apunta hacia la interpretación de un posible homenaje, sino exclusivamente a la influencia evidente que la lectura de este autor dejó en Engel y a la vida de pueblo que pareciera haberse mantenido congelada y que vuelve a ser representada en sus tradiciones y dramas.

Toxayac es una telaraña. Si tuviéramos que representar las conexiones de sus 15 historias con una figura, no quedaría más remedio que utilizar la red de un arácnido. Conforme se avanza en la lectura de las narraciones, parte de los misterios del lugar se resuelven en otra historia. Eso lo podemos conocer desde el primer cuento, cuyo título da nombre al libro.

"Misa del Alba", el primer cuento de este conjunto, es la introducción a la amalgama de historias. Se trata de la presentación de los personajes a través de los ojos de una anciana que juzga desde su territorio a quienes van a la iglesia a temprana hora. Ahí se congregan los pecadores de Toxayac, que se convierte en un pequeño infierno. Estamos pues ante el rostro del pueblo. La vieja Antonia es la voz tradicional del sitio conservador que mira a los habitantes pasar y sabe todo lo que cargan, no para de condenar a sus paisanos hasta que lo extraordinario aparece: aquellos quedan desvanecidos. Es entonces cuando Antonia se encuentra ahora solamente con sus santos a quien no puede juzgar. A partir de entonces, conforme avancemos en el resto de los cuentos, nos toparemos con los personajes de los que ya tenemos algunas figuraciones, con aquellos sinvergüenzas que Antonia conocía tan bien.

Pero, si algunos hilos sueltos en las historias son considerados y solucionados en otras, ¿es debido llamar estas narraciones cuentos? Estamos ante un experimento del cuento tradicional. No se trata únicamente de historias entrelazadas por la aparición de un personaje incidental o secundario que en otra narración se convertirá en el principal, sino que se trata de episodios resueltos por y en otras narraciones, cuya completa resolución, a su vez,

la encontraremos en otra historia. Así, la mesera por la que dos hombres pelean hasta la muerte (los cuales tendrán el honor de ser quienes reinauguren las esculturas de cantera en Toxayac), será conocida después por ser una prostituta que escapa de un crimen que no cometió para después tener la oportunidad de sí cometer uno; o un burro de oro mencionado en la discusión acerca de la existencia de un niño milagroso capaz de curar hasta las jorobas, será la sorpresa de otra historia.

Con estas conexiones, en las siguientes páginas encontrarás desde la ficción histórica al utilizar a Pancho Villa como progenitor en estas tierras, con su imagen explotada para vender la historia del chile más picoso del mundo; hasta niños ebrios capaces de cometer sacrilegio al tomar vino consagrado y albañiles malhechos cuyo trabajo inadecuado pudo atentar contra la vida de un sacerdote.

Misa de Alba en su conjunto se encarga de resaltar los alcances del mágico Toxayac, extensivos a otros sitios no conurbanos: sus tradiciones, creencias, lo que exporta, sus sabores, su geografía, las leyendas nacidas de la falsa Historia y los mitos de sus defectos serán conocidos en este libro, y reconocidos en cualquier pueblo jalisciense.

*Ángeles Rodríguez Castillo*

# Misa de alba

Eran las cinco y media de la mañana cuando la vieja Antonia, iluminada por la vaporosa luz de la vela de la cocina, vertió café en una taza, después salió al patio, recorrió el zaguán y llegó a la acera donde había acomodado la desvencijada silla de mimbre. Posó sus viejas nalgas en ella y esperó. Alcanzaba a ver la iglesia que resplandecía por las lámparas de aceite de la calle, que flotaban como fantasmas acechantes y mortíferos.

Desde la calle más cercana apareció una figura de mujer. Sus pies, enfundados en un par de tacones negros, eran dos manecillas que hacían *tic-tac* amparadas por la luz mortecina de la mañana. Llevaba un vestido negro hasta las rodillas, y un rebozo sobre la cabeza, amarrado

bajo la suave y hermosa quijada, lo que le daba un aire de viejecita devota.

Antonia sonrió, oculta en la oscuridad matutina. Ésta viene temprano porque va a confesarse. ¡Cómo tendrá la conciencia! ¡Si la he visto en el parque, besuqueandose con el novio! ¡Pecadora!

—Buenos días le dé Dios, doña Antonia —saludó Mary.

—Buenos días, jovencita. Vas temprano a misa. El padre aún no abre las puertas de la iglesia.

—Ya ve, a veces es necesario confesarse para estar bien con Dios y con una misma. Quiero ser la primera.

—Ya lo creo, hija, ya lo creo. Ve con Dios, muchacha.

Antonia sabía muchas cosas de "esa Mary", como ella le llamaba. Quizá algún día se las contaría a alguien que no fuera Santa Rita o San Antonio.

Mary se alejó moviendo las caderas.

—¡Olvidé las galletas! —exclamó Antonia.

Regresó a la cocina, se aprovisionó de galletas y volvió a su silla para no perderse el paso de los madrugadores y "devotos" transeúntes. Unos metros adelante, dos mujeres vestidas de negro caminaban susurrando.

Mientras se sentaba de nuevo, Antonia murmuraba para sí: Solteronas, chismosas e hipocritas. No pude verles la cara para decirles lo que pienso de ellas. Pero mañana las espero, aunque no coma galletas.

Saludó amablemente a Inés que caminaba despacio y jorobado, protegido con su gabán; la gente decía de

él que vio a un burro de oro macizo en un sembradío. Luego, por la calle Tomate aparecieron dos mujeres enlutadas, tomadas del brazo. Eran Josefa y Consuelo. Los maridos de ambas murieron el mismo día: estaban ebrios y se pelearon por los favores de una mesera llamada Flor, se clavaron los cuchillos en sus sendos, sudorosos y quemados cuellos, y quedaron abrazados en el piso, como dos amantes, en un gran charco de espesa sangre.

Detrás de las enlutadas mujeres caminaba apresurado Felipito, el niño que servía al ungido por Dios. El monaguillo, tan "santo", pequeño y menudo, de unos diez años, encendía solícito el incienso, acercaba el cáliz, sostenía sobre su cabeza el Misal Romano y engullía a escondidas el vino que sobraba en las vinajeras.

En el transcurso de la siguiente media hora pasaron distintas personas frente a la casa de Antonia, quien se esforzó por sonreírles y darles los buenos días, aunque para todos tuvo una crítica de vieja zorra: Observó cómo vestían, quién los acompañaba y desde qué calle aparecían.

*¿Por qué Mateo apareció por la calle del mercado si vive cerca de la Fuente del Diablo? Mmmm... se me hace que viene de visitar a la Socorro. He visto cómo se miran cuando se encuentran. Hasta se sonríen. ¡Y tienen el descaro de ir a misa y comulgar! Se irán juntos al infierno, les espera el castigo eterno.*

Antonia se frustraba porque nadie la escuchaba, ni siquiera su marido, o su hijo que no la visitaba tan a menudo como ella quería. Así que se tragaba los chismes como si fueran pozole y los conservaba en lo más profundo de su alma para luego, cuando Toxayak se llenaba

de sombras y de espíritus nocturnos, visitar el templo, y frente a la imagen de yeso de Santa Rita, contarle a ella cada uno de sus chismes. Los escupía tal cual dragón que arroja fuego por el hocico:

*Fíjate nomás, Santa Rita, dicen que el cantinero también anda con la Socorro. ¡Esa mujer no tiene ni una pizca de vergüenza! ¡Pecadora! Resulta que ahora hasta los hombres van a comprar a su puesto.*

*¡Y qué te cuento! La pecadora, por la que se mataron los maridos de Josefa y Consuelo, es una prostituta que huyó de la ciudad porque había asesinado a un hombre pecador que se acostaba con ella. Dicen que fue en defensa propia, pero ella tiene la culpa por vender su cuerpo. Ayer la metieron a la cárcel municipal. El comandante Pedro dice que no saldrá en mucho tiempo...*

Alfredo, el esposo de Antonia, apareció en el umbral del zaguán. Se parecía a Emiliano Zapata, con el sombrero calado sobre la cabeza, los ojos grandes y fieros, así como su bigote bien recortado.

—Voy a misa, vieja —decretó—, en un rato llegará Ignacio de la ciudad. Ya le he dicho que no viaje de madrugada, pero no entiende, es tan terco como yo. Le das algo pa' que coma.

—Sí, viejo. Cuando regreses me cuentas qué dijo el padrecito Cuervo en el sermón.

Alfredo gruñó y se fue a la iglesia dando pisadas fuertes y zancadas largas. Antonia sabía que a su esposo no le gustaba que al sacerdote le dijeran "Cuervo", pero así le decían en el pueblo y ella se había acostumbrado.

El último que pasó fue Crescencio, el cantinero, borracho y trastabillando por media calle. Al pasar frente a la anciana, lanzó un saludo inteligible que ella contestó con un gruñido. Mientras miraba a Crescencio entrar en el atrio pensó que le hubiera gustado ir a misa como los demás para ver cómo ponían sus caras de santurrones, pero estaba primero ser madre que cristina. Hay prioridades, me dice la comadre Sol.

Las dos campanas de la iglesia resonaron para la tercera llamada a misa de alba. Antonia se imaginó a Felipito flotándole las enaguas de monaguillo mientras jalaba la cuerda que movía los badajos de las campanas.

A las siete de la mañana, Antonia tenía en la mesa un desayuno para tres que constaba de huevos y frijoles fritos, queso fresco, tortillas de maíz hechas a mano y café de olla. Su hijo Ignacio se había retrasado y, al parecer, al padre Cuervo había alargado la misa.

El desayuno estaba frío media hora más tarde. Antonia asomó la cabeza desde el zaguán, justo a tiempo para ver cómo el padre Cuervo, alto y desgarbado, cerraba las pesadas puertas de la iglesia. No había gente en el atrio, ni siquiera los vendedores de pan y café. Un ratito más, a lo mejor tiene un anuncio importante... a puerta cerrada para que los demonios callejeros no le escuchen.

Pero ese anuncio fue tan importante que pasaron tres días desde la última vez que vio pasar al cantinero rumbo a misa de alba. ¡Tres días durante los cuales ella se dedicó a lavar ropa, planchar, arreglar los aposentos y mirar por la puerta del zaguán hacia la calle!

Todos los santurrones estuvieron dentro de la iglesia durante tres días, esperando un milagro o escuchando el eterno anuncio del padre. Esos tres días, a las cinco y media de la mañana, sentada en la silla de mimbre, esperó que todo fuera un sueño. Añoraba los pasos de Mary o la sonrisa pícara de Felipito. En el tercer día, Antonia como Pedro con Jesús, negó la existencia de un complot de la gente del pueblo para desaparecer. Esto no está bien. No puedo hablar con la policía porque hasta el comandante está ahí adentro.

*¿Y si voy y abro la puerta? No, no. A lo mejor ya son una secta y me asesinan.*

El mercado estaba cerrado, las calles vacías, las puertas y ventanas de las casas a cal y canto. ¡Dios santo! Y pensar que yo también estaría allí.

Metió la silla de mimbre al zaguán y cerró la puerta. En la cocina, mientras freía unos huevos, pensaba en su esposo. Debería ir y ver qué pasa, esto no está bien. Tampoco mi hijo llegó. ¿Y si tuvo un accidente? No, no pienses en eso, Antonia. No pasó nada.

Después del desayuno salió a la calle. Eran casi las once de la mañana. Unas grandes nubes se habían posicionado como soldados sobre las casas viejas de Toxayak. Antonia caminó cautelosa hasta la iglesia. Subió las escaleras del atrio, miró la estatua de San Miguel Arcángel sobre la puerta, como guardián celoso de la entrada. Tuvo miedo pues parecía que mientras avanzaba, él la miraba ansioso, como midiendo cada paso que daba para asestar un golpe certero sobre su cabeza y asesinarla.

Con las manos temblorosas, empujó la puerta lo suficiente para meter la cabeza. Nadie. ¿Nadie? Le tomó unos minutos decidir si entraba. Al fin lo hizo. Sus pasos lentos retumbaban en el sagrado y vacío recinto. Llegó al altar, dio una vuelta; fue a la sacristía, tocó la casaca del padre, miró la canasta para la limosna llena de billetes y moneditas. Salió por el ala derecha. Despacio, tomándose de la barandilla de las escaleras, subió al campanario. Desde arriba, agotada, miró todo Toxayak. Un pueblo vacío, sin la gente hipócrita, sin los chiquillos corriendo o los pordioseros pidiendo dinero.

Bajó al atrio y regresó dentro del templo. Los santos eran su vida. Desde pequeña los había sentido como amigos imaginarios. Siempre ahí, mirándola, esperando que les dijera algo, y ahora ellos no podían decirle nada de su esposo, de su hijo, de la gente de ese pueblo fantasma.

En el cuarto día, a las cinco y media, colocó sobre la banqueta su silla de mimbre y esperó mientras tomaba café y analizaba la situación. No podía ir a Tuxtatlán porque estaba a cincuenta kilómetros de distancia y no sabía montar a caballo ni mucho menos manejar la vieja camioneta de su marido. Bueno, pensó, alguien vendrá de Casiquito a vender mercancía y se dará cuenta de que no hay nadie en el pueblo.

Cuando acabó su café, dejó la taza de barro en la acera, levantó la silla para llevarla dentro y en el umbral del zaguán dudó, dio la vuelta, colocó la silla de nuevo y caminó a la iglesia, decidida a buscar compañía... o respuestas.

Al llegar la noche, sola en su destartalada cama, Antonia durmió como una niña traviesa después de jugar todo el día.

Al siguiente día por la mañana, otra vez a las cinco y media de la mañana, Antonia tenía en su regazo una caja de galletas dulces y una abrazada taza de café humeante en sus dos huesudas y temblorosas manos.

Le brillaban los ojos. Sonrió al ver una sombra baja, iluminada sólo por la luz de una luna vieja que vigilaba al pueblo parapetada en una joven nube.

—Buenos días, San Antonio. ¿Va a misa de alba? Bueno, tenga cuidado porque de esa iglesia nadie sale. El que entra, se queda. Los anuncios del padre Cuervo al final son tan aburridos y largos que es fácil quedarse dormida en las bancas.

Soltó una carcajada que resonó en la calle. San Antonio le dedicó una mirada de yeso frío.

—Buen día le dé Dios, Santa Rita, —saludó burlona—, bonito vestido, muy adecuado para esta mañana fría. El padrecito no está confesando, tendrá que esperar a que salga del infierno. Pase por aquí al regreso, le contaré unos chismes de Socorro. ¡Ay! Si le dijera que el padrecito también estuvo con ella... ¡En el confesionario! ¡Los escuché una vez! ¡Todo hacía eco en la iglesia vacía, imagine nomás!

Tampoco a Santa Rita le interesaron los chismes de Antonia porque le regresó la misma mirada misteriosa y fría de yeso que San Antonio.

San Benito, ¡qué gusto verlo! Cuando salga de la iglesia, si es que sale, pase a tomar café. Quisiera contarle algunas cosas de las muchachas del pueblo, sobre todo de esa Flor, la mesera de la cantina. Dizque se murió solita en la celda de la cárcel, gritando como loca. Es su castigo

por despertar bajas pasiones en los santos hombres de este pueblo.

La tarde llegó. Antonia esperó sentada en la silla de mimbre, tejiendo los chismes con los minutos y las horas como una Penélope del tiempo. Se nubló el cielo y cayó una torrencial lluvia sobre Toxayak. Con la taza de barro llena de agua de lluvia en las manos, observó cómo los santos que había sacado de la iglesia y acomodado a media calle como si de una procesión se tratara, eran arrastrados por la corriente y luego se estrellaban contra las puertas cerradas de las casas.

# Pecado embriagador

En misa, Felipito siempre sostenía el Misal Romano con una sonrisa pícara. En tanto el padre Cuervo, desgarbado y alto, se jorobaba para leer los caracteres del libro. El niño escuchaba atento la voz crujiente del sacerdote que entonaba "Lectura del Evangelio según San Mateo". Entonces, el monaguillo hacía muecas para no reír y era difícil no hacerlo en público, sobre todo cuando el padre ponía cara de compungido al persignarse y levantar la voz. Si Felipito no se portaba bien, su papá le daría una tunda con la soga mojada y le quedarían las nalgas adoloridas. Pasaba algunos domingos.

Durante la plegaria eucarística, de rodillas sobre las losas frías de la iglesia, Felipito observaba las caras de cantera de los feligreses. Pareciera que están cagando, se decía. Y la sonrisita sardónica aparecía para luego borrarse rápidamente porque desde la banca más cercana

le miraba su padre, mostrándole la cara enorme, curtida por el sol, como si le dijera: En la casa tengo la soga mojada, muchachito, y te quedarán las nalgas moradas de tanto cabronazo.

Un estremecimiento recorrió el cuerpo de Felipito. No quería pensar en la soga mojada. Así que, sentado en su silla roja, disfrutó de la homilía. El padre Cuervo subió al púlpito. Se paró derechito, abanicó la iglesia con una mirada y luego sacó las palabras, las zarandeó tal cual gatos por la cola y las arrojó sobre todos como si fueran agua bendita.

Comenzó sermoneando a los hombres que pasaban las tardes en la cantina; luego al cantinero por tener en el pueblo un local de perdición, de juegos de azar y de mujeres de dudosa reputación. El cantinero se escondió detrás de las viejecitas de negro, pero el padre Cuervo le dijo:

—No te hagas, Crescencio, sabes de qué hablo.

Luego se volvió hacia las mujeres mientras los hombres levantaban un poco el sombrero para taparse las caras discretamente.

—Y ustedes, mujeres, no están libres de culpa. ¿Qué hacen cuando sus maridos están en el campo, partiéndose la espalda bajo el sol? Chismear, soltar la lengua aconsejadas por Satanás.

Mientras tanto, Felipito imaginó que él era el padre, de pie sobre el púlpito, que tenía a su cuidado, como ovejas, a todos los feligreses. El padre Felipe sermoneaba a sus compañeros de la escuela que le decían monjita, mariquita, señorita, monita, madrecita y todos los apodos que terminaran en *ita*.

Los apodos le bajaban el ánimo. A veces se despertaba a las cinco de la mañana y no quería ir a misa, pero su madre lo obligaba. En cambio, su mejor amigo Julián le daba ánimos porque le decía que era maravilloso que fuera ayudante en jefe del enviado de Dios. Felipito le confesó a Julián que le gustaba ayudarle al padrecito en misa, pero que eso no tenía nada que ver con su fe en Dios o con sus ganas de sermonear gente desde el púlpito. Porque la verdad era que odiaba menear el incensario mientras el padre levantaba la hostia, pero le gustaba tocar la campanita y ver cómo todos se arrodillaban y ponían las caras sufridas e hipócritas.

Pero había algo que el niño Felipe esperaba con ansias desde que pisaba el altar de la iglesia, y era el momento en que el padre, después de misa, abandonaba apresurado la sacristía. Entonces, el niño hacía como que se le atoraba la vestimenta sobre la cabeza para ganar tiempo, se acercaba a la mesita donde el sacristán dejaba las vinajeras con los restos de vino y agua, y se empinaba el poco vino que sobraba. Le gustaba el sabor amargo, como la madera, que le dejaba en la boca. Imaginaba que así sabría el mezcal que su papá tenía bajo llave en la alacena de la cocina.

El padre Cuervo sospechaba Felipito se tomaba el vino, aunque también podría hacerlo el sacristán. Era éste un hombre viejo y cansado que se quedaba dormido en una silla de la sacristía, olvidaba cuándo debía tocar la campana y se le apagaba el incienso. En cambio, Felipito era travieso e intrépido, pero muy inteligente y aprendió rápido el oficio.

Después de la misa de alba, Felipito esperó a que el

padre saliera por la puerta para tomarse el poco vino sobrante. Tenía el boquete de la vinajera en la boca cuando el sacerdote regresó y lo miró desde la puerta. El monaguillo se quedó quieto, con la vinajera en la boca, mirando con ojos azorados al sacerdote. Al fin, poco a poco, dejó el recipiente en la charola de plata.

—¡Felipe!

—Disculpe usted, padre, es que pensé que era jugo de uva.

—¿Jugo de uva? Sabes bien que usamos vino. Mentir es un pecado, Felipe, tan grave como robar.

—No estaba robando.

—Estaba poniendo un ejemplo, muchachito. Le diré a tu papá ahora mismo.

El sacerdote fue al clóset, tomó una sotana ante los ojos asustados de Felipito y ya iba rumbo a la puerta cuando el niño le suplicó:

—No le diga a mi papá, me dará una tunda con la soga y luego me duelen las nalgas.

—Pues será un castigo que Dios te manda por tomarte el vino de consagrar. Para la otra, piénsalo dos veces.

Mientras cerraba las pesadas puertas de la iglesia, el padre Cuervo sonreía. Esperaba que con la amenaza, el niño dejara de tomarse el vino. En tanto, sentado en una silla de la sacristía, Felipito lloraba y moqueaba asustado. Se imaginaba la soga mojada que su papá tendría en la mano en cuanto llegara a casa. Ya podía sentir los golpes en las nalguitas. ¡Pero qué bueno estaba el vino!

Salió apresurado de la sacristía, tapándose con las

manos la llorosa cara; corrió por el atrio a trompicones y luego por la calle principal, donde Antonia, que no había ido a misa, asomaba la cabeza desde la puerta del zaguán de su casa y parecía asustada... o loca.

Felipito llegó a su casa y se refugió en el pequeño cuarto que compartía con sus tres hermanos. Se dormiría hasta bien entrada la tarde, al fin que su familia se entretenía afuera de la iglesia, comiendo pan o dulces. Además, si su papá le veía dormido, tendría que esperar un rato antes de darle la tunda o ya de plano despertarlo con la soga mojada.

Llevaba veinte minutos recostado en la cama cuando escuchó la voz dura de su papá cuando entraba en el zaguán.

—Ya verá ese chiquillo, siempre hace lo mismo. Cree que no lo veo.

—No le hagas nada, viejo —escuchó rogar a su madre—, para mí es un orgullo que le ayude al padre Cuervo en la iglesia. Los demás niños son unos vagos. Cuando Felipe esté más grandecito, lo mandamos al seminario para que sea padre. ¡Imagínate, el padre Felipe! Hasta doña Antonia querrá confesarse con él y nosotros tendremos ganada la gloria de Dios.

—¡Bah! Ese niño no será sacerdote, tiene al diablo adentro.

—¡Virgen santísima, Mateo! ¡Las cosas que dices! Nomás es algo travieso.

Sus voces se perdieron en la cocina. Felipito imaginaba que su padre estaría en la troja buscando la soga mojada para darle la tunda. Ya podía sentir los duros y

mojados golpes lacerando sus nalgas, cuando se abrió la puerta del cuarto. En el umbral estaba su padre como un gigante, pero no traía la soga mojada.

—¡Ándele, a desayunar! —mandó su padre.

—¿No me va a pegar, apá?

—¿Que si le voy a pegar? ¿Por qué? ¿Hizo una travesura?

—¡Noooo!

—Le pego cuando se lo gana. Me duele hacerlo, pero no soy un monstruo. ¡Ándale, levántese!

Mientras desayunaban frijoles con queso y tortillas de maíz, Felipito sonreía. El padre Cuervo no había soltado la sopa. Podía tomarse el vino de las vinajeras y nunca le diría nada a su papá. O eso creía.

En la siguiente misa de alba, Felipito estuvo más sonriente que en otras. Hasta sostuvo el Misal Romano con garbo, derechito y orgulloso. Mientras tocaba la campana para que se arrodillaran todos, miró a su madre y ella le dedicó una sonrisa. Felipito estaba tan emocionado que olvidó arrodillarse y su papá le hizo señas para que lo hiciera. Después de unos minutos, se levantó, salió por la puertecita de la sacristía y volvió con el incensario. Mientras tanto, el sacristán adormilado se ocupaba de la campana.

También el padre Cuervo fue más condescendiente en la homilía. Habló del amor de Dios, de las virtudes de las personas; alabó a las abnegadas madres y a los padres trabajadores. Después de la bendición, y antes de abandonar al altar, le dijo a Felipito que esperara junto al altar

porque tenía algo muy importante que decirle.

La gente comenzó a salir por la enorme puerta y la iglesia aún olía a incienso. El sacristán tomó la bandeja de plata con las vinajeras y se perdió en la sacristía. Felipito lo siguió con una mirada ansiosa.

—Quiero decirte que eres un buen muchachito — dijo el padre, en voz baja— y que hay ciertos pecadillos que Dios, con su infinita gracia, perdona —apuntó con su flaco dedo hacia el cielo—, pero eso no quiere decir que no nos ve si caemos de nuevo en la tentación. No le dije nada a tu papá sobre lo que pasó ayer, y no le diré.

—Muchas gracias, padre —respondió agradecido Felipito—, no lo voy a defraudar. Se lo juro.
No jures nada, muchachito. Sólo hazlo.

El niño asintió varias veces con la cabeza y corrió a la sacristía. El sacerdote le siguió con una sonrisa divertida en los labios. Una vez dentro, Felipito notó que el viejo sacristán ya había lavado y secado las vinajeras.

Durante las siguientes tres misas, el padre Cuervo entretenía a Felipito con algún pretexto mientras el sacristán llevaba la charola de plata a la sacristía.

—Ándale, Felipito, ve a la puerta y reparte estas hojitas.
Y el monaguillo corría a la puerta, repartía las hojitas y no bebía vino.

—Felipito, hazme el favor de ir detrás de doña Carmen, necesito hablar con ella, dile que me espere en el confesionario.

Felipito tenía que correr para alcanzar a doña Carmen que ya había caminado dos o tres cuadras.

—Felipito, lleva la canasta de colecta a la puerta a ver quién coopera para las fiestas patronales.

Y el niño se quedaba en la puerta hasta que le dolían los pies o hasta que salía el último penitente o viejecita que se quedaba a rezar después de misa. Más tarde, ese mismo domingo, Felipe, sus tres hermanos y sus papás recorrían el mercado. La mamá de Felipe se detuvo en el puesto de Socorro, la verdulera. En el local contiguo estaba el padre Cuervo comprando chile de árbol. El sacerdote explicaba a don Juan, el campesino que cosechaba el chile más picoso de Toxayak, que haría una salsa martajada para unos sacerdotes que llegarían de visita esa semana. Se le veía emocionado porque casi nunca recibía visita de otros sacerdotes.

En la misa siguiente, Felipito sabía que el padre Cuervo lo detendría con cualquier tonto pretexto. Escuchó el sonido de las vinajeras cuando las levantó el sacristán, pero luego las regresó a su sitio porque el padre ordenó en voz baja que fuera con la canasta de las limosnas a la puerta principal. Después, haciendo señas a Felipito, le indicó que metiera las cosas a la sacristía. Felipito tomó primero la charola de las vinajeras. El sacerdote siguió al sacristán hasta la puerta y se entretuvo platicando con los feligreses que abandonaban sonrientes la iglesia, deseosos de comer pan y beber café.

En la puerta de la sacristía, Felipito se detuvo y miró hacia la puerta principal: el padre Cuervo charlaba con una ancianita, y el viejo sacristán intentaba mantenerse de pie con la canasta en las manos. Es la oportunidad

perfecta, pensó. Entró en la sacristía, dejó la charola en la mesita, quitó el tapón a la vinajera, se metió el boquete en la boca y engulló todo el vino, pero el sabor era distinto. No era vino, sino agua con chile del más picoso de Toxayak. Felipito se retorcía enchilado. Abrió la otra vinajera para empinarse el agua pero no tenía ni una gota. Caí, caí, caí, soy tonto, pensaba mientras brincaba y resoplaba con la boca abierta.

Salió corriendo aún vestido de monaguillo, llegó a la puerta del templo y, antes de que pudiera correr hacia el atrio, el sacerdote lo tomó por el brazo y le dijo, sonriente:

—Te advertí que Dios nos ve cuando caemos de nuevo en la tentación.

Con la cara roja y los labios hinchados, Felipito corría por la calle, buscando agua mientras pensaba que hubiera sido mejor una tunda con la soga mojada aunque le quedaran moradas las nalgas.

# El Día de la Escultura

Los habitantes de Toxayak estaban orgullosos de sus tradiciones y por eso no cesaban de presumir, por aquí y por allá, las salsas picosas, los dulces de leche, las hermosas mujeres de suave piel como figuras de mármol; los campos de fuego rebosantes de chile rojo, y la cantera rosa que adornaba la fachada de la presidencia municipal, el quiosco, la iglesia de San Miguel Arcángel, las casas y hasta los corazones orgullosos de las mujeres. Además, la cantera fue inspiración para la famosa canción popular en todo México que fue compuesta por el único músico de Toxayak (asesinado en una pelea de cantina):

*Solecito, corazón de cantera*

*anda, dame un besito*

*antes que yo me muera...*

Llegaba el viajero por el norte y veía, desde el cerro Cadena, los talleres de cantera que ofrecían vírgenes relucientes, bien talladas en grandes bloques de cantera rosa; cruces para la tumba del muertito, fuentes con forma de mujer, de diablo o de ángel. En esos lugares, semilleros de arte, abundaban las lápidas: redondas, cuadradas, ovaladas, con o con epitafios.

Los pobladores de los ranchos cercanos, y hasta de la ciudad, llegaban a comprar, para la tumba de su familiar fallecido, una hermosa lápida con el nombre del muerto. Además, aprovechaban el viaje para pasar al mercado y llevarse unas botellas de salsa martajada.

Pero, ¡oh, cielo de Toxayak! Las costumbres de un pueblo son crueles, o curiosas, si queremos. Ningún habitante de Toxayak compraba una pieza de cantera para el panteón local porque, según la leyenda, toda escultura de cantera se deshacía con el sol y las lluvias. Esa historia sobre el panteón toxayense se contaba en las noches cerca del fogón mientras los niños comían tacos de sal y manteca, y los adultos bebían café con piquete.

El panteón de Toxayak está anclado en un terreno plano, cercado con una pared de adobe, con un enorme y viejo eucalipto al centro, cuyas raíces levantan unas cuantas lápidas viejas de granito y una que otra cruz de metal. Hacía bastante tiempo que los primeros habitantes del pueblo labraron unas toscas figuras de cantera rosa, pero con el paso de los años se habían llenado de una capa verdosa o se habían deshecho. Por tal motivo, José, el sepulturero, aconsejaba a las familias poner sobre la tumba de los muertos sólo una cruz de hierro, pintada de negro porque, les decía, si querían poner alguna escultura

de cantera para honrar al muerto, a la semana se habría deshecho y pasaría a ser tierra para rellenar tumbas. Por eso casi todos recibían, temerosos de Dios y del diablo, el sabio consejo del cuidador de muertos.

Josefa y Consuelo no hicieron caso al sepulturero. Cuando sus maridos murieron en una riña de cantina, peleándose por los favores de una mesera, ambos fueron enterrados en la misma tumba. Así lo decidieron las mujeres: que descansaran juntos como quisieron dormir con la mesera. La tumba estaba adornada sólo con flores.

Habían pasado dos meses desde el entierro y sólo entonces las dos viudas sintieron remordimiento mientras bebían té en su casa. Dejaron las tazas a medio beber y se dirigieron directito al taller de cantera de Nicasio. Estaba éste tallando el pecho de una sirena cuando las dos mujeres, vestidas de negro, movieron el alambrado que cercaba la entrada. Nicasio las observó unos momentos, dejó la sirena y abrió la puerta de alambre mientras saludaba.

—Buenas tardes les dé Dios, señoras.

—Buenas, don Nicasio —respondieron ellas casi al unísono.

—¡Qué milagro que vienen a mi pequeño taller! ¿En qué les puedo ayudar?

Las dos mujeres se miraron durante unos segundos. Al fin, Consuelo dijo:

—Bueno, don Nicasio, usted recordará a nuestros maridos...

—Pues claro que los recuerdo, tomábamos cervezas

todas las tardes en la cantina de Crescencio, estaba ahí cuando la Flor...

—Sí, sí. Ése no es el punto —le interrumpió Consuelo—. Recordará usted que murieron hace dos meses. Más bien se mataron... Nosotras...

Miró a Josefa y ésta asintió.

—Nosotras no queríamos ponerles ni una cruz a su tumba, pero el padre Cuervo nos dijo que, como buenas cristianas, teníamos que hacer algo al respecto con esa tumba abandonada. Pensamos en la vergüenza que pasaríamos cuando todo el pueblo fuera a visitar el panteón. En fin, vinimos para que nos haga algo bonito de cantera para la tumba. Algo representativo. Faltan algunos meses para el Día de Muertos, puede tomarse su tiempo.

—¿Algo de cantera? Pero —Nicasio miró hacia el panteón y se le nublaron los ojos— ustedes saben que nadie en Toxayak compra una lápida o escultura de cantera para sus tumbas, se despedazan y las que no pos ya están llenas de moho verde que parecen monstruos. Yo mismo, que hago excelentes figuras, he dejado algunas dentro del camposanto y no duran ni una semana. Perderán su dinero, señoras, mejor compren una crucecita y ya.

Entonces Josefa se aflojó un poco el rebozo café y dijo:

—Son tonterías de la gente del pueblo, don Nicasio. Mejor diga que no quiere hacer la escultura. Sabemos que odiaba a nuestros maridos, pero eso no es pretexto para no darles una sepultura bonita, ¿no cree? ¿Piensa que no tenemos dinero para pagarle? Nosotras le consideramos el mejor escultor de cantera del pueblo.

—Nada de eso, Josefa. Sé que tienen dinero, pero in-

tento hacerles razonar. en fin, si insisten, les haré algo. ¿Qué quieren y de qué tamaño?

Caminaron los tres al fondo del taller donde se apilaban enormes bloques de cantera sin trabajar: figuras de ángeles sin alas, diablos sin cola y sirenas de pechos chuecos.

—Pues mi viejo —dijo Consuelo cuando le llegó la inspiración al ver un san Antonio de Padua sin cabeza— le rezaba a San Francisco de Asís.

—Y el mío al Santo Niño de Atocha.

—Entonces, ¿quieren ustedes dos esculturas de cantera?

—Sólo una —aclaró Josefa.

—Tienen que ponerse de acuerdo, o el Santo Niño o San Francisco.

—Los dos, don Nicasio —dijo Consuelo—, haga a San Francisco con el Santo Niño de Atocha en una mano.

Las mujeres dieron un adelanto a Nicasio y luego regresaron a casa.

Poco después, mientras bebía una botella de tequila, Nicasio realizó un boceto de la escultura y le gustó. Luego se fue a la cantina donde contó todo sobre la visita de las dos viudas.

—A las mujeres les afecta mucho la muerte del marido —sentenció Crescencio—, así le pasó a mi hermana, se volvió loca, quería que la metiéramos a la caja con el esposo, dizque porque no quería vivir sin él.

Sirvió una cerveza a Nicasio y otra a José, el carpintero.

—Pero esto que hacen Josefa y Consuelo —prosiguió el cantinero—, es una verdadera locura. Nadie en este pueblo compra una escultura de cantera para el panteón. Ya recordarán ustedes que las únicas piedras que siguen ahí son las del finado Mateo Ruvalcaba, que nunca quiso decir cómo las había labrado, que dizque porque era un secreto de su abuelo y su tatarabuelo. Aun así, están más verdes que un árbol en primavera.

—Es verdad —le secundó José—, pero se llenaron de esa capa verde cuando murió don Mateo y desde que lo enterramos no hemos llevado ninguna pieza de cantera al panteón.

Eso ya lo dije —le recriminó Crescencio—, y más bonito.

Antes que comenzaran una discusión sin sentido, Nicasio dijo:

—Yo llevé al panteón algunas piezas, las que me salieron un poco mal. Tengo un pequeño acuerdo con Pánfilo, el sepulturero. Las dejo una semana o dos y se hacen tierra. Traté de convencer al padre Cuervo de que le echara la bendición a una virgencita manca que hice, pero no quiso.

—Ni lo hará. ¿Apoco no se acuerdan cuando llegó y lo primero que hizo fue ir al panteón y pedir que sacaran La Fuente del Diablo?

—¡Es verdad! —dijo Crescencio— era la única pieza de cantera que no tenía moho. Quizá si el diablo regresa, las piezas de cantera permanecen intactas.
Todos se persignaron viendo al cielo.

—Pues —dijo luego Nicasio murmurando como una comadre—, estas mujeres me dijeron que mantuviera la escultura en secreto hasta el dos de noviembre. Y así se hará, pagaron bien.

Todos querían una pista sobre la forma de la escultura, al fin que las viuditas ni se enterarían. Nicasio se negó. Por encima de todo estaba su ética de canterero profesional. La risa fue general en la cantina. Así que durante la siguiente hora bebieron cerveza, cantaron y se divirtieron. Luego, ya entrados en copas, hablaron de los dos maridos muertos, el sepelio, la misa de cuerpo presente, el novenario y los chismes que se fueron esfumando con el tiempo. Luego recordaron a Flor, que había resultado una prostituta citadina. Crescencio se sonrojó al recordarlo. Él había confiado en ella, le había dado trabajo porque estaba muy bonita y atraería hombres a la cantina, pero ésa es otra historia.

Eran las once de la noche cuando salieron tambaleándose por la puerta de la cantina.

José, el carpintero, estaba en la cama con Socorro y le contó que las viudas mandaron hacer una escultura para la tumba de los maridos enterrados y que Nicasio la tendría en secreto hasta el Día de Muertos.

—Nada bueno saldrá de eso —sentenció Socorro—, no pueden ir contra las sagradas costumbres de Toxayak.

—Sagrados tus ojos, Socorro. Sagrada tu boca y tu vientre. Deja que te toque un poquito, ¿sí?

—¡Hazte! ¡No seas encimoso, tú!

Ambos rieron y se tocaron, recostados e iluminados por la vela que amenazaba con apagarse.

Por la mañana, Socorro saltó de la cama, se acicaló con su vestido azul, se puso las zapatillas y se apresuró a llegar al mercado. Mientras estuvo atendiendo la frutería, le soltó la sopa a todo cliente que llegaba.

—Un kilo de mango. ¿Algo más doña Antonia? Son trece pesos. ¿Ya le dije que las viudas le encargaron una escultura de cantera a don Nicasio? ¿No sabía? Fíjese usted que...

Y así, en menos de veinticuatro horas, todo Toxayak sabía que las viudas habían roto con una tradición antigua del pueblo. Y de pronto todos estaban ansiosos porque llegara el dos de noviembre y ver cuánto duraría la escultura sobre la tumba de los dos infieles.

El tan esperado día amaneció fresco y calmado. Como todos los días, Antonia estaba sentada en su silla de mimbre, mirando la calle, tomando café; Felipito corría a misa de alba; Socorro abría la frutería y Alfredo iba al mercado a comer un pan y tomar café. En su actividad diaria tenían presente que era dos de noviembre, Día de Muertos o El Día de la Escultura, como bien decidieron ponerle a ese día, a pesar de que el padre Cuervo se enojó y los sermoneó en misa sobre las costumbres del pueblo y los sagrados muertos.

La tradición del Día de Muertos en Toxayak consistía en levantarse temprano, trabajar hasta medio día y luego ir en procesión (con San Miguel Arcángel por delante) y visitar el panteón. Algunos hasta mariachi llevaban. Ese día en especial, alguien aconsejó al padre Cuervo que la procesión se realizara más temprano porque el sol estaría muy fuerte. La verdad es que ansiaban llegar lo más rápido posible al panteón y mirar la dicha escultura.

A las diez de la mañana en punto, la gente de Toxayak estaba reunida en el atrio de la iglesia. Salió el padre Cuervo detrás de la figura de San Miguel que cargaban cuatro de los hombres del pueblo. Fueron por delante y la gente los siguió. Caminaron en silencio.

Fuera del panteón, Pánfilo, el sepulturero, estaba al lado del portón, con una sonrisa en los labios resecos. Abrió lentamente la puerta. Los niños, que iban agarrados de la mano de sus madres, querían correr y ver la escultura. Entre tantas cruces, pensaban las dos viudas, nuestra escultura de San Francisco con el Santo Niño de Atocha en la mano será una maravilla.

Entraron todos, dispersándose entre las cruces negras y las lápidas viejas, verdes de moho. Al centro, cerca del alto eucalipto, se veía la escultura, de un metro y medio de alto. Nicasio estaba de pie al lado, satisfecho de su trabajo.

Los curiosos se acercaron primero, con José el carpintero a la cabeza, quien al ver la escultura no pudo contener una carcajada estruendosa. Luego la risa fue general. El padre Cuervo pidió silencio y respeto por los muertos, y porque no había visto la escultura. Nadie le hizo caso. Las dos viudas se acercaron y pegaron el grito al cielo. Se taparon la cara con los rebozos y desaparecieron como ninjas silenciosos entre las tumbas.

Una sonrisa burlesca apareció en la boca del sacerdote cuando miró la escultura. ¡Vaya que era ingeniosa! Luego su cara se tornó de piedra. Miró a Nicasio con cara de desaprobación y éste le contestó encogiéndose de hombros y con una sonrisa pícara. El buen hombre había terminado la escultura por las noches, cuando regresaba

ebrio de la cantina. Así nadie vería en qué trabajaba, ni siquiera él, para no decir nada. El problema era que había entendido mal las instrucciones de las dos viudas. Así que sobre la tumba arrinconada de los dos maridos estaba un San Francisco piadoso, con su rosario al cuello, su hábito y sus sandalias. Se le había caído una mano que Nicasio no pudo pegar, y en la otra tenía agarrado un piececito del niño que no era de Atocha, pero que se parecía mucho a Felipito, el monaguillo, dejándolo boca abajo con una expresión de miedo a caerse. La cara de San Francisco, similar a la del padre Cuervo, mostraba unos ojos como brasas del infierno, ebrias y ardientes.

—De todos modos no durará —sentenció el sacerdote—, y a ti te veo en la iglesia más al rato, Nicasio.

Después todos fueron a sus casas, murmurando y riendo.

...

El Día de la Escultura fue el chisme perfecto durante al menos una o dos semanas y luego olvidado. Un día el cantinero, al regresar a su casa de madrugada, advirtió que en la pequeña plaza que estaba cerca del río algo faltaba. Al acercarse vio que en medio de los árboles y las bancas de cantera había un puñado de arenisca rosa. La Fuente del Diablo se había deshecho.

Corriendo acudió a tocar la puerta del sepulturero Pánfilo y ambos, acompañados de una linterna, fueron al cementerio. Buscaron la tumba... y ahí estaba, rosa, reluciente, con esos ojos brillantes, San Francisco y su niño que no era de Atocha. Cuando la tocaron, ambos eran ya actores fieles de las garras del demonio que había ac-

tuado también en la mente de Flor, de los maridos, de las viudas, del escultor ebrio... y de los que llegaran.

# El cuarto milagro

Amelia, viejecita de cuerpo enjuto y jorobado, caminaba por la ribera del río, mirando el agua que corría cristalina rumbo a Toxayak. La anciana vivía a las afueras, cerca del puente y el arco de la entrada al pueblo. Todas las mañanas, después de que su esposo Inés salía rumbo a la loma "El mezquitito", Amelia tomaba su atajo de ropas y se encaminaba al lavabo que su esposo le había improvisado a la orilla del río, a unos cincuenta metros de la casa. Algunas veces le acompañaba Tirolito, su perro. Así, mientras Amelia lavaba la ropa, el animal corría como loco, cazaba liebres y se revolcaba en el agua.

Esa mañana, Tirolito se había quedado dormido en el patio. Amelia tarareaba una canción religiosa que le ponían en el convento cuando era pequeña.

*Embriaga mi alma, señor*
*con tu sangre, con tu mirada,*
*con tu misericordia y amor,*
*hazme tuya, tuya soy.*

Se detuvo bajo un árbol para descansar. Dejó la cesta de ropa y se sentó sobre ella. Desde ahí veía el lavadero y la vasija de barro que usaba para recoger agua. A pesar de su edad, Amelia aún tenía buena vista, no así el oído, que a veces le fallaba. Estuvo un rato mirando el río. Luego creyó que Tirolito sí la acompañaba y miró hacia el camino que seguía la orilla del agua. El perro no apareció. Se iba a levantar, pero miró hacia el lavabo. Ahí, sobre la piedra lisa junto al río, estaba un niño de entre diez y trece años, morenito, con el pelo revuelto y rizado; estaba encueradito y sonriente, recostado como un rey sobre su cama de pieles. Le sonrió. Aún a la distancia, pudo verle la sonrisa brillante.

Amelia pensó que los niños habían ido a bañarse al río, como solían hacerlo a veces. Pero en Toxayak los chiquillos sabían que el mejor lugar para bañarse era más abajo, yendo hacia Casiquito, un lugar al que le llamaban "Agua Caliente".

Sintió dolor en la espalda. La columna cada vez la hacía más lenta y jorobada. Se sentía vieja, acabada. El niño, en cambio, estaba muy sonriente, como si se burlara de ella, de su columna y su dolor. No se movía, estaba bajo el sol de la mañana, con la cabeza en sus bracitos bronceados.

Se levantó y, dejando la ropa debajo del árbol, se encaminó hacia el chiquillo. Ya cerca de él, lo primero que le vio fue la cara. Tenía unas facciones duras como una escultura prehispánica, con los labios abultados como si quisiera darle un beso. Los ojos eran grandes y alargados, blancos como la leche. ¡Así que es un niño ciego!, pensó Amelia. Entonces, con su voz suave de anciana, le pidió que se moviera porque ella tenía que lavar su ropa. El niño no se movió, pero tampoco borró su sonrisa y trompa de beso. ¿Y si es sordo? ¿Cómo me comunico con él si no me ve ni me oye? Se agachó un poco y le tocó un bracito. Al contacto, sintió una descarga eléctrica en el brazo que le recorrió hasta la columna, luego hacia arriba por la espalda, el cuello y la cabeza. Con los ojos abiertos del miedo y asombro, cayó de espaldas sobre el agua.

Al caer la tarde, y después de regresar de la siembra, Inés encontró a su esposa tirada en la orilla del río, cerca del lavabo de piedra. Creyó que estaba muerta. Acercó su boca a la nariz y sintió que respiraba. Luego fue por la ropa sucia y cubrió su cuerpo. Después, lo más rápido que sus pies le permitían, fue a buscar al doctor Rubén. Regresaron y el galeno la revisó. Estaba viva. La trasladaron al hospital donde la internaron durante una semana. El doctor Rubén le había prescrito con anterioridad unas pastillas a Amelia para que se recuperara de la columna y los reumas. Después de un examen exhaustivo, el galeno llegó a la conclusión de que las pastillas eran casi milagrosas porque la anciana no sólo estaba bien de la columna, sino que la joroba que la caracterizaba había desaparecido.

Inés acompañó a su esposa durante sus días de convalecencia. Luego regresaron a su casita cerca del río. Las

señoras, amigas de Amelia, la visitaron en su pequeña casa. Estaba la anciana sentada en su silla de mimbre, mirando cómo Tirolito observaba con sus cansados ojos hacia el río. Entraron las mujeres, y el perro, al verlas, abandonó el zaguán y fue a echarse debajo del árbol en el jardín.

Las señoras saludaron, y Amelia respondió con una sonrisa tranquila. Entonces, sentadas alrededor de la mujer, escucharon su historia.

—Iba al río a lavar. Me senté sobre la ropa y miré a un niño encueradito. Me acerqué y estaba ciego y, al parecer, también sordo. Tuve miedo, creí que estaba muerto. Le toqué el brazo y sentí cómo se estremecía mi cuerpo. Luego me desperté en el hospital. Me siento joven y no me duele nada.

—¿Y por qué parece que estás triste? —le preguntó Rosa.

—Porque creo que es un milagro, pero no toqué ningún santo ni le rogué a Dios que me ayudara. ¿Qué tal si era un niño demonio y ahora tengo que darle mi alma? Tenía los ojos blancos y feos. Siento como si fuera un pecado. Y el padre Cuervo no ha venido a verme. Quiero contarle esto y saber su opinión.

Teresa, la esposa del herrero, se levantó y fue al lado de Amelia. Le puso la mano sobre el hombro y le dijo:

—Yo creo que ese niño era milagroso. No le pediste a Dios que te ayudara, pero él lo hizo.

Las demás mujeres asintieron con la cabeza al mismo tiempo.

—Creo que debemos ir y llevar alguna ofrenda al río —sugirió Rosa—, para el niño milagroso. A lo mejor regresa para hacer más milagros.

—El padre Cuervo nos dirá que adoramos a otros dioses—respondió María. Luego le dijo a Amelia— ¿Recuerdas lo que nos dijo cuando tu esposo Inés contó aquella historia sobre el burro de oro que vio allá por "El mezquitito"?

Amelia asintió. Lo recordaba bien. Los tachó de blasfemos y mentirosos. Así era el padrecito Cuervo, celoso de los dominios y del amor de Dios.

—Yo creo —sugirió de nuevo Rosa— que ya estamos bastante mayorcitas como para pedirle permiso al padrecito para cualquier cosa que hagamos. Vamos a llevar algunas flores al río como muestra de agradecimiento.

Todas estuvieron de acuerdo. Se levantaron y ayudaron a Amelia a salir del zaguán. Ante la mirada impasible de Tirolito, las mujeres arrancaron unas cuantas flores e hicieron un ramo improvisado. Luego caminaron despacio por el camino al lado del río. Descansaron debajo del árbol donde días antes Amelia se había sentado sobre la ropa. Allá, en la piedra para lavar, no había nadie. Rosa sugirió que fuera ella quien debía dejar el ramo sobre la piedra. Y así lo hizo. Con paso lento se acercó y posó las flores.

Regresaban por el camino cuando vieron que al otro lado del río un niñito sonriente y desnudo corría con el ramo de flores en la mano.

María, la esposa de Nicasio, se había mantenido callada hasta el momento. Entonces soltó una exclamación y se desmayó.

Después de que María despertara y dijera que se sentía como una muchacha de quince años, ninguna de sus amigas dudaron que ese niño, que aparecía en el río, fuera milagroso, ya que María ni siquiera lo había tocado.

Por la tarde sólo tuvieron que contarle lo sucedido a Socorro para que el chisme se regara como fuego en bosque seco por todo Toxayak. Entonces María, agradecida con el niño, encargó a su esposo una escultura para llevarla al río. Les contó a sus amigas y ellas le dijeron que, si el padre Cuervo se enteraba, la excomulgaba.

—Quiero decirle al padre que vaya y rocié de agua bendita la escultura de cantera —les respondió desafiante María. Se sentía tan joven que podía ir contra toda norma o principio religioso.

El padre Cuervo no quiso bendecir la escultura y sermoneó a María diciéndole pecadora. ¿No habían hecho eso mismo los israelitas en el desierto cuando Moisés los dejó solos? Habían adorado a otros dioses y les fue muy mal. María no se dejó asustar y apuró más a su esposo para que la escultura del niñito estuviera lo más pronto posible.

Poca gente asistió al momento sublime cuando pusieron la escultura del niño al lado del río. Amelia lloraba, Rosa sonreía y María estaba emocionada. Todas pusieron flores a los pies del niño de cantera. Nicasio e Inés se miraron. Sabían que, cuando fueran a misa el domingo, el padre hablaría con todos sobre el asunto, pero que las pedradas caerían del púlpito como una avalancha desde un cerro. Pero no fue así, el padre no dijo nada en misa ni tampoco les reprendió individualmente. Algo tramaba el jorobado padre.

El tercer milagro sucedió el martes por la mañana cuando Felipito, el monaguillo, viajaba en la burra de su padre, río arriba, hacia San Felipe Pispipalco. La burra iba a paso lento. Cerca de un mezquite se detuvo y abrió sus enormes ojos, asustada. Por el delgado camino cruzaba una enorme serpiente negra. Hasta las orejas se le pusieron duras a la pobre burra que luego, pasado el espasmo, dio media vuelta, y haciendo caso omiso al "ooooohhh, tranquila" de Felipito, salió desbocada. Parecía que había visto al demonio.

Aferrado a la grupa de la burra desbocada, Felipito recordó cuando se mató su amigo Alfredo, allá cerca de Tepilquitán. Tuvo miedo. Cerró los ojos y se dejó llevar. Si debía morir, que fuera con los ojos cerrados, pensó. Nada más sentiría el golpe. De pronto la burra se detuvo despacio como temiendo tirar su carga. Estaban junto al lavadero de Amelia. De pie frente a la burra, un niño ciego y desnudo sonreía.

Se derramó el vino del cáliz, como decían en Toxayak, porque Felipito dejó la iglesia, se robó el incensario y estuvo arrojando incienso al niño de cantera del río un día completo, agradecido por salvarle la vida. Luego le acompañaron también Amelia y Rosa. Después, la gente de Toxayak y de los pueblos cercanos acudieron en procesión a rezarle y pedirle favores.

Luego de ese día, los creyentes se turnaban para cuidarlo por las noches porque, según le explicó Amelia a Antonia, el diablo podría llevarse al niñito.

Una noche montaba guardia Francisco, el de la tienda de vinos y licores. Estaba sentado al lado del niñito, rodeado de veladoras, flores y fotografías pequeñas. Tenía

su pistola .45 en la cintura, cargada, por si un muerto, demonio o fantasma aparecía. Eran las tres de la madrugada cuando a lo lejos divisó una sombra negra que se acercaba. Francisco se había tomado casi media botella de tequila y miraba borrosa la sombra. Aun así, supo que eso, fuera lo que fuera, tenía faldas y flotaba. Si le tiro en las patas, pensó, seguro que cae. Entonces me acerco y lo remato. Apuntó despacio y ¡Pum! El ruido se esparció río abajo, mezclados con el grito de dolor de un hombre. Cuando se acercó Francisco a darle el tiro de gracia, supo que acababa de darle un tiro en la pierna al padre Cuervo.

...

**Declaración de Francisco ante el comandante de Toxayak, Pedro Gumaro Limón**.

Cómo quiere usted que supiera que era el padrecito si estaba todo oscuro y no veía nada. Me hubiera dicho algo, pero no. Iba despacito, sin siquiera decir: "Oye, Francisco, hazme espacio y dame tequila que voy a ayudarte a velar". Yo le di un tiro en defensa propia. Sí, estaba borracho, pero para cuidar un niño de cantera encuerado no es necesario estar cuerdo. ¿O sí? Además, no lo maté. Le pegué en la pata, eso era lo que yo quería. Pero era en defensa propia. Sí, ya sé que es el enviado de Dios y me da cosa porque debo rendirle cuentas al jefecito, pero le juro que no fue a propósito. ¿Me van a perdonar? Les juro que dejo la bebida.

**Declaración del sacerdote J.R. Negruzco Pajas.**

Ya le dije a usted, comandante, que perdoné al pobre hombre. No debí ir al río a esas horas de la madrugada. Aun así, creo que el fanatismo es lo que ocasiona estos incidentes. Por eso le pido que retire ese niño desnudo del río. Es un pecado. Es un ídolo no aceptado por nuestra Santa Iglesia. Mi pierna está bien. No se preocupe. ¿Quién me sacó la bala, dice? Pues cuando caí al piso vi cómo Francisco se acercaba y le pedí ayuda. Entonces dijo que iría corriendo con el doctor. Estaba asustado el pobre hombre, creyó que había visto un espectro. En el lapso de tiempo que me quedé tirado, cerré los ojos. Luego sentí una mano en el pie. No le miento, tuve miedo. Un dedo entró en mi herida y sacó la bala. Era un dedo pequeño. Entonces me desmayé. ¿Quién era? ¡Pues Dios! ¡Quién más!

# Nicolás Cadena

—A la derecha pueden ver el mercado donde venden verduras, salsas picantes, carne de pollo, de cerdo, de res; huaraches de cuero, juguetes y lo que ni se imaginan. ¿Quieren pasar? ¿No? ¿Seguros? ¿Están aburridos? Toxayak es un gran pueblo, hay mucho que ver. Si caminamos más arriba llegaremos al parque donde estaba la Fuente del Diablo, porque un día desapareció así nomás. Según la leyenda, esa fuente estaba en el panteón, pero luego todas las lápidas y esculturas de cantera se hicieron polvo, menos esa fuente que, según dicen, fue encargada por el diablo a uno de los maestros escultores de este mismísimo pueblo, cuando recién llegaron los españoles, dizque para atraer a los frailes dominicos y llevarlos al infierno pa´ que no cristianizaran a los indios.

Hubo un silencio holgado seguido de un suspiro del guía.

—En fin, ya veremos la fuente cuando le demos la vuelta a la Presidencia Municipal. En la plaza está el nopal de Hidalgo, ya les contaré una sabrosa historia sobre eso. Luego, cerca de la plaza está el teatro Juárez y la iglesia de San Miguel Arcángel. Todo es muy bonito. ¿A que sí?

Los dos turistas gringos estaban aburridos. Esperaban encontrar en Toxayak algo más mexicano, como lo que vieron en Oaxaca o Chiapas, donde la comida era mágica y los edificios recordaban a las culturas ancestrales antes de los españoles. Toxayac era un nombre que les recordaba los sacrificios humanos en las pirámides.

Pero, ¡oh, pena de turistas! Ahí lo único que había eran cantera, piedra blanca y brillosa, y un guía de lo más aburrido que ni sabía hablar inglés. Así que, cuando llegaron a la plaza principal y Miguel terminó la historia del nopal que estaba justo al lado del quiosco, el más viejo de los turistas le dijo en un español cortado:

—Ya ser suficiente. Este pueblo aburrido, nada para ver. No ser como Chiapas.

Miguel, viendo cómo se le iban los dólares dentro de las guayaberas y bermudas de esos viejos gringos, recurrió a su as bajo la manga. Les cobraría 20 dólares por darles el tour del chile.

—Y no es albur —agregó. El chiste se perdió bajo el sol de la solitaria plaza.

Los gringos aceptaron el tour. Subieron a la carroza tirada por caballos, siguieron la calle principal, salieron por el puente y doblaron a la derecha por una calle empinada. Subieron un cerro y se detuvieron a lado de un vasto sembradío de chile.

—Éste es el cerro Nicolás Cadena —comenzó Miguel mientras se bajaban todos de la carroza—. Le llaman así en honor al señor que descubrió el chile más picoso de México. Cuando vayan a la ciudad, pregunten ustedes de dónde es el chile más picoso que se conoce. Les dirán: “el mejor chile es de Toxayak”. Aunque, eso sí, nadie ubica al pueblo en un mapa.

Se encaminó a un alambrado, abrió un cruce improvisado e invitó a los dos gringos a pasar. Se adentraron por uno de los surcos. Al lado de ellos, a una altura no mayor a medio metro, estaban las plantas de chile, rojo como el fuego. Colgaban como focos en un árbol navideño. Miguel se detuvo, cortó dos chiles y le dio uno a cada gringo.

—No los coman, sólo huelan. Con este chile se cocinan los platillos de México. Se le agrega al pozole, a los tacos, al mole, a todo lo que ustedes puedan comer, aunque yo les aconsejo que no coman algo que tenga chile porque no aguantan nada y menos éste que sólo lo aguantan algunos mexicanos, De todos modos ya saben que esto es la esencia de nuestro país, lo que nos une desde Tijuana hasta la frontera con Belice.

Miguel se sentía inspirado y estaba feliz de ganarse unos dólares haciendo de guía en un pueblo casi olvidado, incluso por esos mexicanos con los que compartía el gusto por el chile. Había pasado medio año desde la última vez que unos turistas habían cruzado el puente. Llegaron, comieron unos tamales y se largaron como si nunca hubieran visitado un pueblo tan luviniano como ése.Ser guía de turistas le daba para comer, no como cuando ayudó un tiempo al viejo Inés a llevar sus bueyes a “el mezquitito”. Lo esperaba mientras el viejo azuzaba

los bueyes y maniobraba entre los surcos con la yunta, pero el viejo un día le dio una patada en el trasero y lo dejó sin trabajo.

En fin, estaban a medio sembradío y ya sentía en sus manos los verdes dólares de los gringos que se veían cansados; en sus caras resbalaban gruesas gotas de apestoso sudor. Miguel los guió hasta la orilla opuesta donde un gran mezquite daba una sombra fresca. Buscó unas piedras y pidió a sus seguidores que se sentaran. Luego, como Jesús a sus discípulos, les contó la historia de Nicolás Cadena. Sacó de su bolso la foto en blanco y negro de un hombre, de entre cuarenta o cincuenta años de edad, de pie al centro, mirando directamente a la cámara. Era de complexión robusta, vestía unos pantalones y una camisa abotonada al centro. Tenía los ojos entrecerrados, un enorme bigote y en la cabeza un sombrero redondo. Sobre el pecho cargaba dos carrilleras cruzadas. El fondo de la foto lo constituía un granero y unas figuras borrosas que parecían ser rancheros, observando al hombre de la foto y a la invisible cámara.

—Ése es el mismísimo Nicolás Cadena, comandante durante la Revolución Mexicana. Es la única foto que se conserva de él y es de mi propiedad. Son ustedes unos privilegiados. Después de pelear al lado de Francisco I. Madero, Nicolás Cadena decidió no entrar a la política y vino a dar a Toxayak, que en ese tiempo tenía como nombre "Cañada de Cadena". Nicolás tenía otro apellido, pero vayan a saber cuál era. El punto es que, al llegar aquí, lo cambió por Cadena. Don Francisco I. Madero le había dado unas posesiones aquí, junto al cerro. Miren hacia allá —apuntó con su dedo, hacia el norte—, es la casa donde él vivió, ahora está vieja y cayéndose a pedazos, pero antes era una mansión, la más grande jamás construida en Toxayak.

Nicolás se casó con Gertrudis, la hija del presidente. Bueno, más bien se la robó y luego se casó. Dicen que la madre de la muchacha era bruja y le dijo que nada de lo que él sembrara en su terreno, es decir, todo este espacio de tierra donde estamos ahora, daría frutos. Nicolás, que fue general y le dio un tiro en la cabeza a Porfirio Díaz, no se amedrentó. Salía cada mañana con su par de bueyes, su yunta y su desayuno. Primero sembró maíz y calabaza; luego le dio por el frijol. Tal como dijo la bruja, nada dio frutos. Los cerros alrededor estaban verdes, con las milpas enormes, las matas colgando de las vainas de frijol y las calabazas enormes. Fueron tres años duros. Su esposa estuvo a punto de abandonarlo. Tenían ya tres pequeños que habían nacido uno tras otro y parecía que seguirían naciendo más.

Un día salió Nicolás al patio de su casa, se sentó en su silla vieja, sacó su cigarro de hoja, y estaba fumando cuando vio un arbolito con tres chiles rojos y brillantes colgando. Cortó los chiles, los dejó secar, les quitó las semillas y con su azadón, hizo agujeros para unas diez o quince más. Luego llamó a su mujer y le dijo que, con sus manos santas, echara las semillas a los hoyos. Las plantas crecieron y dieron más chiles. Con eso, Nicolás Cadena se dio cuenta que el problema era él y su maldita mano. Bajó al pueblo y contrató a don Felipe, un sembrador experimentado. En realidad, les cuento, fue el único que le hizo caso respecto a sembrar chile. Los demás le juzgaron de tonto. En otras partes del país se sembraba chile habanero y era mejor que ése. Llegó la primera cosecha.

Nicolás y Felipe extendieron el chile en el patio y lo dejaron secar. Luego lo comenzaron a vender barato, en un pueblo más al norte porque, como dicen, nadie es profeta en su tierra. Para no hacerla más larga, la gente de otros pueblos probó los chiles de Nicolás y entonces ya no fue necesario que él saliera a vender. Las personas llegaban como vacas por su pastura desde muy lejos para comprar chile y luego venderlo en otras zonas del país. Durante esos años, el entonces presidente municipal cambió el nombre del pueblo a como está ahora. Un periódico citadino cubrió la nota —era extraño que se cambiara el nombre de un pueblo con mucha tradición. Uno de los periodistas que llegaron al pueblo probó el chile en una fonda. Le encantó. Hizo una nota. Y todo fue cuestión de tiempo. Nicolás Cadena fue reconocido como el descubridor del chile en Toxayak. Después de él, otros sembraron chile y lo exportaron, incluso a Estados Unidos. Luego, una familia comenzó a fabricar salsa embotellada y venderla...

Los dos gringos escuchaban, emocionados. Ahora sí sentían todo el poder de México en sus corazones. Tanto así que uno de ellos dijo apuntando con su dedo a la foto vieja:

—Bonita historia. Éste parecer mexicano que invadir Columbus.

—¡Qué va, míster! Es el mismísimo Nicolás Cadena.

Mientras salían del sembradío, los gringos llenaron sus bolsillos de chiles y le dieron más dólares a Miguel, que los guardó feliz. Subieron a la carroza y bajaron la cuesta. En el centro de la plaza subieron a su jeep rentado y se fueron gustosos rumbo a la ciudad.

Con los dólares y la foto vieja en la bolsa, Miguel se fue a casa. Su madre, una viejecita devota que vestía de negro desde que su esposo había muerto quince años atrás, estaba sentada en la sala, remendando un pantalón.

—Hola, amá, traje dinerito para que comamos todo el mes —anunció Miguel al entrar al zaguán.

—Ay, mijito. ¡Qué bueno! ¿De dónde los sacaste?

—Les conté una historia a unos gringos. Tuve que llevarme la foto que tenía usted sobre el buró.

—¿La de Papá Villa? ¡No la vayas a perder! Es la única foto que me queda de tu abuelo.

Miguel besó la foto.

—Gracias por los billetes verdes del otro lado, abuelito Pancho.

# El nopal

El presidente municipal se relajaba sentado detrás del escritorio, cuyo vidrio estaba sostenido por dos soldados cincelados en cantera. A su oficina entraban y salían personas. Primero el comandante Pedro alegó, exigió y casi rogó por más policías, ya que tenía pocos hombres para mantener el orden de Toxayac; luego el padre Cuervo, sonriente y despeinado, llevó la sotana vieja que cada año prestaba al presidente para el acto del 15 de septiembre; al final, cuando el presidente se sintió seguro al ver que nadie más entraba a su oficina, llegó Rosa con la peluca en la mano y el maquillaje que dejó sobre una silla y salió tan silenciosa como había entrado. Él observó la peluca y el estandarte de la Virgen de Guadalupe que todo el año se guardaba en una vitrina. Pensaba en la tradición del pueblo, en el nopal de la plaza, en la pirotecnia, los disparos al aire, y en su participación. ¡Maldita actuación!

¿Por qué mejor no contrataba a un actor? Los niños se reían cada vez que le veían en la calle. Le perdieron el respeto a su presidente. Aunque, lo pensó bien, valía la pena humillarse un poco si podía robar mucho de las arcas del municipio.

En dos años ya había comprado un terrenito, dos casas en la ciudad cercana y dos camionetas del año. Además, la gente del pueblo estaba satisfecha con el trabajo que había realizado o eso creía él. Se renovaron las calles, se pusieron lámparas de aceite porque le aconsejó su amigo Adalberto que se veían "nais", y había utilizado todo su poder político para hacer una carretera más rápida desde la ciudad hasta el pueblo. Aunque de poco servía ya que nadie se tomaba la molestia de bajar el cerro y encontrar el olvidado pueblo de Toxayak. Estaba harto de que cada vez que visitaba al gobernador, éste le decía que las personas hablaban maravillas de la salsa y el chile de Toxayak, pero el viejo bigotón nomás no le soltaba más dinero para embolsarse.

Le gustaba ser presidente y tener el poder, pero no le gustaban las costumbres de Toxayak. Por eso, en cuanto acabara su mandato, agarraría sus cosas y el dinero que guardaba en la caja fuerte, subiría a su familia a sus camionetas de lujo y regresaría a vivir a la ciudad, a donde pertenecía de verdad. Allá donde la gente es cosmopolita, tiene cultura y vive en paz. Al menos eso creía él. Mientras tanto tenía que hacer su último acto ese 15 de septiembre, el último de su mandato y de su vida, porque no pensaba ser presidente otro año más, aunque todas las viejecitas del pueblo se arrodillaran, besaran el piso y se lo pidieran por el Niño del Chile o la Virgen de la Salsa.

Cuando salió de la presidencia, las lámparas de aceite de las calles estaban encendidas. Le gustaba ver cómo ardían. Por eso, a pesar de todo lo que le habían dicho, prefirió esas lamparitas felices, que iluminaban las calles, a los focos calientes y feos de las lámparas eléctricas, que costaban una fortuna porque debían llevar primero la electricidad desde la ciudad más cercana.

Cruzó el atrio de la iglesia y miró hacia arriba. Sobre la gran puerta de madera estaba la figura de San Miguel, con la espada en la mano y el diablo bajo sus pies. Entonces recordó cuando, por necesidades ajenas a él, debió mandar a desaparecer a su mejor amigo, Adalberto Almonte. ¡Qué difícil decisión! Una amenaza contra la propia familia es un aliciente perfecto para traicionar hasta al Papa. Recordaba las lágrimas de su comadre Francisca Macedonia, rogándole para que mandara a toda la fuerza policial a buscar a su marido. Benito no lo hizo porque él ya sabía que debajo de la lápida más alejada del centro del panteón estaba enterrado su amigo, su compadre, su hermano, el que le había dicho "Pon de esas lamparitas de aceite que se ven "nais", cabrón, pa que la cantera brille bonito así como las piernas de las viejas del Gallo Giro".

Despejó su mente. Llegó a casa, saludó a los niños, besó a su esposa y se fue a dormir. Despertó temprano y salió a dar un paseo. Los jóvenes andaban atareados adornando la fachada de cantera de la presidencia. Habían colgado cadenas de papel de china y banderines tricolores. Al centro de la plaza se destacaba el quisco, adornado también de campanitas y banderas tricolor. Al lado del quiosco estaba el verde nopal, sin tunas y sin nopalitos. Benito se acercó y saludó a dos muchachas que se

afanaban en terminar de adornar el quisco. Miró de reojo el nopal. ¿Y si se hacía el enfermo y no asistía al evento? No, ya no era un niño que se hacía el enfermo para no cumplir sus deberes, ahora era un hombre responsable.

Caminó al mercado y desayunó picaditas en el puesto de Amelia. Hablaron del frío que llegaba en noviembre, de las cosechas, del río y de problemas con las lámparas de aceite. Luego él fue a la presidencia. Puso la sotana y la peluca sobre su escritorio y los miró largo rato. Tenía que llevar a cabo el show... una última vez. El pensamiento de la reelección pasó por su mente y casi al mismo tiempo, tapando la idea recordó el destino de don Porfirio Díaz y se alegró de haber desechado la idea de seguir siendo presidente más tiempo.. Lo tenía que hacer, era la última vez... si no se reelegía. Lo mejor era salir corriendo y olvidar que te vi, me viste o nos vimos. Adiós, Toxayak del chile, de las viejitas hipócritas y los viejos olvidados, pensó.

Llegó la noche. Benito Ruvalcaba estaba nervioso, mirándose al espejo. Su mujer le animaba desde el sillón.

Es la última vez que haces esto, Benito. El próximo año estaremos en la ciudad, cenando en la mansión del gober.

—Sí, es verdad —respondió con poco entusiasmo el presidente.

En la plaza principal, al lado de la iglesia, la gente ya se había reunido. Se escuchaba el ruido atronador de las matracas y las trompetas. Varias bandas tocaban música regional mexicana. Había niños vestidos de Morelos e Hidalgo; niñas con vestidos tricolores y señoras con banderas pintadas en las mejillas. Benito, acompañado de su familia, subió al quiosco. Desde ahí, Nepomuceno hablaba con el micrófono muy pegado a la boca. Con un gesto logró que se callaran las matracas, trompetas y música.

—¡Pueblo de Toxayak! —bramó—. Estamos reunidos aquí para celebrar un año más de la Independencia de México. Un año más de celebrar nuestras tradiciones y nuestra comida. Un año más de no estar subyugados a las garras de los españoles. Todo gracias a nuestros héroes de la Independencia. Con este evento conmemoramos a Hidalgo, a Morelos, a Allende y a todos los demás. Ya sé que se saben la historia de esta tradición, pero nos acompañan foráneos que querrán saber por qué lo hacemos, y si no hay foráneos por lo menos nuestro creador querrá saber cómo surgió esta tradición.

Las personas murmuraban entre ellas. No sabían qué había fumado Nepomuceno.

—Bueno, da igual si no me entienden, tenía que decirlo. La cosa va así: Cuando Hidalgo salió huyendo después de la Batalla de Puente de Calderón, pasó por este pueblo, se detuvo en aquel nopal —señaló con el dedo el enorme nopal al lado del quiosco— y lloró como lo hizo Hernán Cortés en la llamada Noche Triste. Encuentren ustedes las coincidencias. Por eso, cada año, en Toxayak se da allí el grito de Independencia. ¿Qué tiene de especial? Ya lo verán.

Entonces las personalidades que estaban en el quisco bajaron y se dirigieron al nopal. La tradición dictaba que los mexicanos son iguales y que, por lo tanto, debían estar todos a la misma altura cuando se diera el grito. Se hizo un silencio sepulcral. Benito Ruvalcaba, que hasta

el momento había pasado como otro hombre disfrazado, se acercó al nopal con el micrófono y se abrazó de él soltando un llanto desgarrador que resonó en toda la plaza. El estandarte de la Virgen de Guadalupe descansaba a su lado. Con el disfraz puesto él era una copia llorona de Miguel Hidalgo.

Dejó de llorar, secó sus lágrimas con la sotana, tomó el estandarte de la virgen y esperó. Alguien tocó tres veces la enorme campana que colgaba de un armatoste de hierro, encima de la presidencia.

El presidente mostró su llorosa cara a los presentes y gritó:

—¡Mexicanos!

¡Vivan los héroes que nos dieron patria!

¡Viva Hidalgo!

¡Viva Morelos!

¡Viva Josefa Ortiz de Domínguez!

¡Viva Allende!

¡Vivan Aldama y Matamoros!

¡Viva la independencia nacional!

¡Viva México! ¡Viva México! ¡Viva México!

Luego se escuchó otra vez la campana. *Tin-tan-tin-tan-tin-tan.* Después movió violentamente el estandarte.

Se hizo silencio...

Las bandas, al unísono, comenzaron a tocar el Himno Nacional. Al finalizar, los fuegos artificiales de colores volaron por los aires y se escucharon disparos por doquier: *¡pum! ¡pum! ¡pum!*

Entre el ajetreo de la gente que veía los fuegos artificiales y escuchaba los disparos, había quedado tirado, desangrándose con tres disparos sobre la sotana negra, el presidente Benito Ruvalcaba. Cerca, con la expresión fría y la pistola en la mano, Francisca Macedonia observaba cómo se moría el amigo, el "hermano", el asesino de su marido.

# Los malhechos

Benjamín y Bernabé eran los únicos albañiles del pueblo que sabían hacer una casa completa, desde los cimientos hasta el último detalle de pintura de una puerta. En Toxayak nunca les faltaba trabajo y cobraban muy bien por él, pero todos evitaban requerir sus servicios, por lo que ellos mismos pintaban la fachada de su casa, arreglaban una puerta ladeada o construían un muro. Luego, cuando la pintura caía, la puerta aplastaba al gato o el muro se derrumbaba, llamaban a "los malhechos" quienes aceptaban gustosos el trabajo de reparar aquello que los novatos hicieron mal, y además se daban el lujo de descansar dos horas después de la comida; comenzaban a trabajar a las diez de la mañana y se iban a la cantina a las cuatro o cinco de la tarde.

Así alargaban las obras que, si las hiciera otro albañil —y ojalá lo hubiera—, se terminarían en un par de horas.

Además, Benjamín y Bernabé no eran los mejores albañiles del mundo. Le sabían al negocio, a la construcción, a la pintura, a la electricidad o a la fontanería, pero estaban seguros que tendrían trabajo hasta que no mataran a alguien con una obra mal hecha. Así pues, hacían su trabajo "con las patas" como suele decirse: pintaban las puertas sin limpiarlas; pegaban un ladrillo tras otro sin usar el nivel de gota de agua, economizaban en materiales que luego cobraban sin recato.

El padre Bonifacio los exhortaba a amar su trabajo y realizarlo con amor. Por eso, cuando Benjamín tomaba un ladrillo para pegarlo en un muro, le decía a Bernabé, que lo veía desde abajo:

—Como nos dice el padrecito, Berna, hay que hacer las cosas con amor.

Y riendo, tomaba el ladrillo y le daba un beso tronador. Le quedaba manchada la boca de un color naranja y soltaba la carcajada.

Estaban una tarde recostados junto al río, esperando que se metiera el sol para seguir trabajando en una casita que les habían encargado, cuando vieron al padre Bonifacio que caminaba hacia ellos. Era un viejecito de aproximadamente ochenta años, bajito y rechoncho, con una mirada pícara y una sonrisa blanca de dientes postizos. Vestía una sotana negra y llevaba puestos unos zapatos café oscuro, algo raídos y viejos. Saludó con la mano antes de llegar.

—Buenas tardes, hijos.

—Buenas, padre. ¿Qué lo trae por este rumbo?

—Vine a ofrecerles un trabajito. Algo sencillo.

—¡Uy, padre! Tendrá que esperar una semana o dos hasta acabar la casa.

—Tómense su tiempo, muchachos, pero que no sea mucho porque la casa de Dios no puede esperar. Nuestra cúpula comienza a deteriorarse.

—Nosotros la arreglamos, padre. Ya sabe que somos los mejores albañiles de Toxayak —dijo el arrogante Benjamín.

—La soberbia es un pecado, Benjamín. El domingo vas a confesarte.

Bernabé iba a decir algo, pero agachó la cabeza.

—En cuanto puedan, acérquense a la iglesia para decirles de qué se trata.

—Sí, padre —respondieron sumisos los dos albañiles.

Así que el padre se despidió y alejó río arriba. Una vez que se dieron cuenta de que el padre ya no los escuchaba, Benjamín preguntó:

—¿Cuánto le cobramos al padre por lo de la cúpula, tú?

—No sé, tenemos que ver el daño. No creo que sea mucho trabajo, pero de todos modos podemos cobrarle mucho, al fin que no paga él sino los feligreses. Le hacemos un arreglito aquí, uno allá y sacamos unos pesos pa´ las cervezas.

Después de tres semanas, los dos albañiles habían terminado la casita al lado del río. Entonces se presentaron en la iglesia, con todas sus herramientas cargadas en la Nissan vieja de Bernabé. El padre Bonifacio estaba en la

sacristía acomodando las botellas de vino y las obleas. Los recibió con una sonrisa y les indicó que subieran al campanario por las estrechas escaleras.

Los albañiles analizaron detenidamente la cúpula. Ésta presentaba algunas fisuras desde la punta hasta la orilla que llegaba al techo plano de la iglesia.

—Esto será pan comido —aseguró Benjamín.

—Sí. Creí que tendríamos que apuntalarla, pero con una pasadita de cemento estará como nueva.

Regresaron a la sacristía.

—¿Cómo vieron la cúpula, hijos? —preguntó el padre Bonifacio.

—Es complicado, padre —respondió Bernabé—, tenemos que reforzar e impermeabilizar. Eso nos llevará entre una o dos semanas.

—Tómense el tiempo necesario, hijos, que nos quede como nueva. En cuanto al pago, no se preocupen, hay dinero para ello.

Bernabé y Benjamín sonrieron porque era lo que esperaban. Bajaron los andamios, las palas, las cucharas de albañil, las tablas, andenes y lo necesario para hacer el trabajo. Luego fueron a la ferretería más cercana, compraron dos sacos de cemento y regresaron a la iglesia. En menos de medio día ya habían "arreglado" el desperfecto de la cúpula. Los días restantes se tiraban sobre el techo de la iglesia para platicar, o se turnaban para dormir.

Pasaron dos semanas desde que comenzaron el "arduo trabajo" de la cúpula. En el atrio estaban apilados los andamios desarmados, los botes de pintura, las palas,

los sacos de cemento vacíos y las herramientas. El padre Bonifacio sacó el dinero de la sacristía y pagó en efectivo a los dos hombres.

—Espero y no sea cierto lo que dicen de ustedes en el pueblo.

—¿A qué se refiere, padre? —preguntó Benjamín mientras se guardaba el dinero bajo la gorra manchada de cemento.

—A que hacen mal su trabajo. Por eso les dicen los malhechos. ¡Les advierto! Si esa cúpula no dura, la ira de Dios caerá sobre ustedes.

—¡Uy, padre! Es que usted no nos conoce. Siempre hacemos bien las cosas, namás que la gente se enoja porque les cobramos mucho. Y es que, como usted sabrá, somos los únicos albañiles del pueblo. Los demás, o le hacen a la cantera o a la flojera. Nosotros somos tan honestos como el presidente municipal...

—Si no nos cree, padre —dijo Bernabé dándole un codazo a Benjamín para que se callara—, entre usted mismo y vea la bóveda, o súbase.
Subirme no, que no puedo.

Desde la puerta, Benjamín y Bernabé observaron cómo, con paso lento, el viejo sacerdote cruzaba el templo y se detenía justo debajo de la bóveda. Miró hacia arriba. Escucharon el eco de la voz del anciano que dijo:

—Muy bien, hijos. Desde aquí todo se ve bien. Le diré a uno de los muchachos que suba al techo a verificar si esa bóveda quedó bien, porque si se cae —señaló con su viejo y tembloroso dedo a los dos albañiles— no se la van a acabar...

Entonces se escuchó un crack  y la bóveda se vino abajo, sorprendiendo y aplastando al viejo sacerdote. Una nube de polvo recorrió toda la iglesia y salió por la puerta. Asustados por la ira de Dios, Benjamín y Bernabé subieron a la vieja Nissan, dejaron sus herramientas en el atrio y abandonaron el pueblo por el puente, rumbo a la ciudad.

# El burro de oro

Inés despertó y aún era de madrugada. Se puso el gabán raído, quitó la tranca de la puerta de madera y salió. En el patio, bajo la pálida luz de la luna, se veía el molino de piedras que Amelia usaba para moler el nixtamal. Inés cruzó el patio hacia la cocina sin chocar con ningún obstáculo. Junto al fogón le esperaba su esposa Amelia haciendo tortillas: las movía en el aire y, redondas como la luna que iluminaba el patio, iban a dar a un comal que se calentaba con un fuego de leña de mezquite.

—El café está en la ollita, viejo —dijo Amelia—, y la miel sobre la mesa.

—Ta fresca la mañana, ¿edá? Escuché la tronadera y luego la lluvia. Los bueyes estaban desesperados. Quizá se mojaron. No sé si ir al sembradío.

—Tú sabrás. También puedes ir a ver a las abejas.

—La miel puede esperar, la milpa no. Ya ves cómo se ponen los surcos. Pero también después de la lluvia las patas de los bueyes se atascan y la yunta nomás no se mueve. La semana pasada hasta yo me atasqué y me caí en el lodo. De veras que imaginé a los bueyes riéndose de mí, vieja.

Amelia sonrió al imaginar a su esposo en el lodo, en medio de un surco, y a los bueyes riendo. Echó una tortilla al comal.

—Si lo dejas para después, las milpas estarán más crecidas y los bueyes se las van a querer comer y se pondrán tercos, así como te pones tú a veces.

Inés sorbió café caliente. Con el paso de los años había aprendido a callar cuando su esposa le hacía un comentario personal. Era eso o no comer calientito una semana completa. Calladito, el viejo desayunó tacos de frijoles con queso fresco, y café. Después fue al establo donde estaban los dos bueyes marrones, esperándolo con los ojos entrecerrados.

—Buenos días, flojos —les dijo Inés con la esperanza de que le contestaran.

Los bueyes lo miraron. Inés esperó unos segundos por una respuesta, de la forma que fuera, pero no la hubo. Fue hasta una pequeña choza donde guardaba la yunta. Revisó que todo estuviera en orden y después se sentó en una piedra a esperar a su ayudante. Cuando éste llegó cargaron los bueyes con la yunta, el agua y la comida para el resto del día. Entonces tomaron el camino del río, rumbo a la Lomita. Amanecía cuando, al llegar a lo alto de un cerro, vislumbraron a lo lejos el mezquite enorme

que se levantaba entre la milpa pequeña.

—Creí que este año no se daría la cosecha —dijo Inés, rompiendo el silencio.

—No se preocupe usted, don Inés. Ya ve que está verdecita la milpa. Levantamos los surcos esta semana, esperamos más lluvias y ya verá cómo crecen bien grandotas —le respondió el alegre muchacho.

Asintió Inés. Le gustaba ese optimismo. Él era un viejo que había dejado su juventud en el campo, del amanecer al anochecer. Se había casado y no tenía hijos, pero era feliz al lado de Amelia. Nunca les había faltado comida, ni abrigo, ni hogar... ni miel, y ese joven era como un hijo para ellos.

Dejaron los bueyes a la orilla del sembradío. El ayudante, que se llamaba Juan, llevó la comida y el agua debajo del mezquite. Regresó y ayudó a Inés a uncir los bueyes y acomodar la yunta.

A media tarde se les había acabado el agua. Juan, dejando a Inés con los bueyes, fue al río a rellenar las cantimploras. El viejo acercó los bueyes al mezquite, los amarró y se sentó bajo la sombra. Desde allí apreció el arduo trabajo hecho durante la mañana. Habían levantado una tercera parte de los surcos del sembradío. Calculó que en uno o dos días más terminarían el trabajo y podrían descansar si las lluvias eran buenas.

Se sentía cansado. Cerró los ojos y cuando los abrió el sol ya caía por la colina. Juan no había regresado con las cantimploras, y a él se le habían entumecido los pies y las manos, además tenía demasiada sed. Los bueyes jalaban el yugo, desesperados.

Se levantó lento, agarrándose del mezquite. Entonces vio que, a lo lejos, en medio del sembradío, algo brillaba con la vespertina luz del sol. Su instinto curioso lo empujaba para ver qué era.

—Está muy lejos —susurró para sí— y estoy cansado. Este muchacho no regresó.

Frunció el ceño. Pensó que quizá el joven había regresado al pueblo por más comida o le habían avisado sobre alguna novedad. Imaginó tragedias y cosas absurdas, como que se hubiera caído al río o desbarrancado, como las tantas vacas de sus vecinos.

Él solo no podía quitarles el yugo a los bueyes y tampoco podía dejarlos amarrados al mezquite. ¿Qué más podía hacer mientras esperaba? Miró de nuevo aquello que brillaba, y con paso lento se acercó. Olía a tierra recién removida y a milpa joven.

Había un burro, en medio de dos surcos, pisando las pequeñas milpas. Brillaba y era amarillo. Con la mano derecha, Inés golpeó su mejilla izquierda un par de veces. El burro tenía las dos orejas levantadas y el hocico abierto, como si rebuznara, pero no se movía y brillaba al sol, tal cual si fuera de oro. Le relucían los dientes, los ojos y todo el cuerpo como la miel derritiéndose. Era un gran espectáculo para el anciano. Iba a tocarlo cuando escuchó en su cabeza la voz de su mujer:

—Hay cosas que el diablo nos manda nada más para tentarnos, Inés. ¡Las miles de veces que he visto a Satán en dinero, en poder! No, viejo, ese Satanás es más astuto que tú, y eso que eres viejo y sabes mucho.

Así que no lo pensó. Dio vuelta, regresó al mezquite y se sentó de nuevo.

Se quedó dormido y despertó cuando escuchó voces y vio luces a lo lejos. Parecían piras funerarias andantes entre los surcos, sorteando las milpas. Cuando estuvieron cerca, reconoció al padre Cuervo, al cantinero y a Francisco "Cuchillos largos".

—¡Bendito sea Dios que está usted bien, don Inés! —exclamó el padre Cuervo— nos tenía a todos con el Jesús en la boca.

Le ayudaron a quitar el yugo a los bueyes. Cargaron todo en los pobres animales y regresaron al pueblo.

Mientras caminaban, el padre Cuervo le contó a Inés que Juan, su ayudante, había encontrado a un hombre muerto río abajo. Por eso había ido corriendo al pueblo, y el comandante Pedro lo había retenido para futuras investigaciones. Hasta el momento no habían identificado al muerto del río. Lo tenían acostado en una celda y si no sabían quién era, pues iban a darle su cristiana sepultura, como Dios manda.

Inés iba en silencio. Aún tenía sed y hambre. No le habían quedado ni tortillas, ni queso, ni nada. Sólo quería llegar a su casa, abrazar a Amelia, comer unos tacos con sal y manteca, tomar un café con miel y darle las buenas noches a sus abejas.

Cerca del establo donde había dejado a los hambrientos bueyes, estaban en hilera las cajas llenas de colmenas y abejas. Trató de recordar cuándo decidió que, además de sembrar, también criaría abejas. Porque, como le había dicho su compadre Poncho, eso de la "aquicultura" no es cosa fácil, las abejas son del demonio. Un día se vuelven locas y se lo picotean a uno.

Inés quería a sus abejas. Le daban miel sabrosa para su café hirviente. Caminó cerca de cada una de las cinco cajas y las fue tocando con la mano, dándoles las buenas noches. Luego regresó a la cocina donde Amelia ya le había servido el café y la cena. Así, iluminados por la luz de las velas, Inés y su esposa platicaron sobre los sucesos del día. Ella amasando en el metate y él mirándola con amor detrás de su humeante café.

—Me dijeron lo del muerto en el río —contó Amelia— y tuve miedo de que fueras tú o Juan. Pero luego el padrecito vino y me dijo que no sabían quién era y que Juan estaba en la comandancia.

—Sí, yo estuve asustado también. Creí que el muchacho se había desbarrancado o ahogado o cualquier cosa mala. ¡Dios me perdone!

—¿Y qué hiciste solo allá arriba?

—Dormir. Me quedé dormido bajo el mezquite. Luego me desperté y el sol ya se había metido.

—¿Te quedaste sentado esperando a que regresara Juan? —preguntó incrédula Amelia.

—No. Me levanté porque vi algo a mitad del sembradío. Ya ves que soy curioso. Me acerqué. Era un burro que brillaba. Creí que estaba soñando, pero no.

—¿Un burro que brillaba? ¿Seguro que no te caíste y te pegaste en la cabeza, viejo?

—No, estoy seguro. Lo vi bien, su piel no era así pardita como la de los demás burros, estaba cubierto de miel, como un dulce. Mientras lo veía, me dije: *Inés, llévalo a casa y tendrás miel para tu café durante muchos años.*

Luego recordé que tenemos las colmenas y que no necesitamos más miel para ser felices. Me di vuelta y lo dejé.

—Hiciste bien, esas cosas son del demonio. Satanás te estaba tentando.

Asintió Inés y luego tomó el frasco de miel y le puso un poco a su café.

84

# Flor Espinoza

Salió huyendo del motel y no la esperó porque también ella buscaría la manera de desaparecer de la escena del crimen. Mientras corría por los callejones oscuros de la ciudad, pensaba que no debía ir ni a la central de autobuses, al aeropuerto ni menos a su casa.

Antes, cuando entró al motel, se dio cuenta de que había cámaras tanto en el recibidor como en las escaleras y los pasillos, por lo que estaba grabado su rostro y sabrían que él acabó con la vida del hombre.

Al llegar a un parque, se sentó en una banca a descansar. Vio a las mujeres venderse por módicos precios, y también a los hombres vestidos con sus minifaldas, sus contorneadas piernas y sus zapatillas brillantes. Al menos ellos tenían una vida, no tenían que esconderse y no eran asesinos.

¿En qué momento se había enamorado de esa prostituta llamada Flor? La primera vez que le pagó fue por mera fantasía, luego comenzó a buscarla cada noche, en el mismo sitio. Ella parecía corresponderle en sentimientos. Después salían al cine, al parque, a cenar. Él, Poncio el que se lavaba las manos cada cinco minutos, le pidió que dejara el "trabajo", que la mantendría con lo que ganaba. A Flor, nacida en mayo, rosa de enero, le gustaba ir por ahí, exhibiéndose, contoneando las caderas mientras los hombres la miraban con lujuria. Entonces a Poncio le dijeron que un hombre llamado Jesús estaba comiéndole el mandado, así que le flotaron los celos como un ahogado en el mar: salieron locos, haciendo un ¡plop! atronador. Por eso mató a Jesús en la cama del motel, con un certero tiro en la frente, se lavó las manos y salió corriendo.

Desnuda, con la cara llena de sangre y su Jesús al lado, Flor estaba marchita, y con otro Jesús en la boca. Sus facciones eran de piedra y sus ojos reflejaban la furia de la mujer herida, tal cual bestia asustada. Poncio se asustó. Tuvo la sangre fría para asesinar al Rey de los Moteles, pero no para soportar la mirada de una Flor marchita.

Decidido, se levantó de la banca y caminó a las afueras de la ciudad. Nunca más confiaría en una mujer.

...

Pasó medio año desde que la acusaron del asesinato del hombre en el motel. La vejaron y violaron en prisión. Luego, por orden de un viejo juez que necesitaba un trabajito, fue liberada por falta de pruebas. Tampoco habían encontrado a Poncio a pesar de que su cara estaba en todos lados.

Quería olvidar lo que había pasado en la ciudad y alejarse lo más posible de los lugares de la prostitución. Así que, dos días después de salir de la cárcel, hizo sus maletas, subió a un taxi y se dirigió a la central de autobuses. Pidió un boleto para el norte, al primer pueblo al que hubiera salida.

—Hay un autobús que sale en media hora. Cruza Tuxpitlán, Cincuntlax y Toxayak; tiene como destino Aguascalientes —le explicó la señorita.

—¿Cuánto?

—160 pesos.

—Bien. Deme ese, en el asiento que sea.

Sentada en el autobús, pensaba que se bajaría en uno de los tres pueblos que le dijeron, nomás debía decidir en cuál.

Se bajó en Toxayak, el pueblo más alejado y solitario del estado. Esa noche durmió en la plaza del pueblo, sobre una banca fría de cantera. Por la mañana recorrió varios locales, pidiendo trabajo. Nadie se animaba a dar trabajo a una forastera aunque, cuando salía de cada uno de ellos, quedaban fascinados por su belleza. Cuando entró en la cantina llena de hombres que olían a sudor, a caballo y a tierra, se convenció que ése era su lugar, ahí tendría un trabajo asegurado.

Crescencio, el cantinero, sonrió al verla. Sería la primera vez que en su cantina trabajara una mujer, y ¡qué mujer! alta, piel morena, bien formada. Ella le sonrió y le pidió trabajo con alojamiento. Él aceptó. Desde ese día, la cantina estaba todas las tardes hasta el tope. Hasta el padre Cuervo pasó por ahí y miró hacia adentro discretamente.

Los hombres del pueblo estaban contentos, no así las esposas que veían a la muchacha como un ángel del demonio, roba maridos y rompehogares. Nadie sabía de dónde era ni cuándo había llegado. Ella era feliz en ese pueblo. Hizo amistades, la mayoría eran hombres, y una amiga, Socorro la del mercado, además tenía un novio medio tonto, pero muy trabajador.

Dos meses después, Crescencio le pidió que atendiera una mesa. Al acercarse vio sentado frente a ella a Poncio, el asesino de su último cliente en el motel. Él le sonrió. Le faltaban dos dientes y se veía fatigado.

—Hola —dijo él.

—Hola - le respondió ella.

—Tráeme una cerveza bien fría y dime a qué hora sales.

—A la hora que salga, no es de tu incumbencia.

—En esto estamos los dos, pequeña. Eres cómplice. Te necesito mucho. ¿A poco no te emociona verme? Desde el pueblo más cercano llegó el rumor de una forastera hermosa, como una flor de mayor, pero peligrosa, como una flor con espinas.

Antes que Flor le respondiera, Crescencio la llamó. Ella fue apresurada detrás de la barra, escuchó las indicaciones del cantinero, cogió una cerveza y regresó a la mesa.

—¿Sabes dónde está la mezquitera? —le preguntó a Poncio.

—Llegué hoy. No conozco este pueblucho. La vida me ha cambiado, pequeña. Necesito dinero.

—No tengo dinero.

—Entonces iremos juntos a prisión. Si aquí digo lo que eras y qué hiciste, te encierran y te mandan de regreso a la ciudad, o te apedrean.

—Ya estuve en prisión y fue por tu culpa, no me asustas. No quiero hablar de esto aquí. Te veo en la mezquitera, está pasando el puente hacia la ciudad. Si no sabes llegar, pos preguntas. Llevaré dinero para darte y que te largues.

Él la siguió con la mirada mientras se alejaba y escondía detrás de la barra. Iría a la mezquitera, a la cita, le quitaría todo el dinero y huiría al siguiente pueblo o quizá hasta la frontera.

Oscurecía. Poncio la esperaba sentado en una piedra, debajo de un mezquite. Flor apareció por el camino que subía desde el puente hasta el cerro. Iba ataviada con un largo vestido color azul y unos zapatos de piso negros. Llevaba el pelo agarrado en una coleta larga y brillante. Caminaba con paso decidido. Él le sonrió y ella no le regresó la sonrisa.

Mira, pequeña. Ahorita namás tengo unos problemas económicos porque me lo gasté todo en llegar hasta acá. He corrido por todo el estado.

A mí no me interesa lo qué hayas pasado. Quiero que te largues. Te daré dinero para un camión. Lo tomas y te vas a Aguascalientes o a San Luis.

—Pérate, pérate. Así no son las cosas, aquí el cuánto y cuándo lo pongo yo. Eres una puta, ¿recuerdas?

Los ojos de ella brillaron en la tarde que caía. ¡Cómo había cambiado ese Poncio!

—Era. Por tu culpa tuve que huir de los periódicos y de los hombres que me querían matar. ¿No sabías que el tipo aquél andaba en malos pasos? Cuando te encuentren no te dejarán ni llegar a la cárcel.

—Son mentiras. No era nada el tipejo. Me quedaré aquí hasta mañana. Tienes que juntar más dinerito para mí, es más, seré tu padrote. ¿Eso querías no? Porque cuando te ofrecí mantenerte te hiciste la digna. Ahora, que si no lo haces, iré con el comandante del pueblo y le diré que confesaste haber matado al hombre en el motel. Con eso tendrás para que el cantinero te corra o para que te linchen estos animales de pueblo.

—Cuidado con lo que dices, Poncio. Estos animales, como les dices, son mis amigos. Te podrían linchar a ti si les digo.

—Pero no quieres. Ya sabes, tú sales perdiendo en esto. Eres una puta y lo serás siempre...

Él le agarró el brazo para atraerla. Ella llevó la mano detrás del vestido, sacó el cuello filoso de una botella de tequila y se la enterró en la garganta. Lo vio mientras se desangraba. Luego estiró su cuerpo hasta el río y lo hundió con unas piedras.

Al siguiente día, un muchacho encontró el cuerpo río abajo. Como nadie dijo conocerlo, le dieron sepultura en el panteón y no le pusieron ni cruz.

En la cantina ella le preguntó a Crescencio por qué no dieron parte a las autoridades de la ciudad de que habían encontrado un hombre muerto en el río. Él le respondió:

—En Toxayak no somos tontos, muchacha. Sabemos quién eres y quién era él. Vimos sus fotografías en la televisión. Tú sufriste, él no. Ahora tú vives bien y él será olvidado.

—¿Entonces saben quién lo mató? —preguntó ella sin inmutarse.
—Tú y yo sabemos quién lo mató, podemos guardar ese secreto —dijo él guiñándole un ojo.

Ella miró su reflejo en una botella de whisky y sonrió.

...

Cuando Crescencio apareció degollado en La mezquitera, el comandante Pedro no dudó en apresar a la forastera. Se le hizo un interrogatorio.

**C.** ¿Aquioras estuvo asté en la cantina de Crescencio, señorita?

**F.** Estuve toda la tarde y parte de la noche en la cantina, atendiendo mesas. Me fui a eso de las doce y media.

**C.** ¿Qué hizo asté después de salir de la cantina, señorita?

**F.** Caminé a la casa donde vivía Crescencio y me dormí.

**C.** ¿Reconoce asté este cuello de botella de witssky, señorita?

**F.** Sí, tenemos muchas botellas de ese whisky en la cantina.

**C.** ¿Entonces acepta asté que mató al cantinero Cres-

cencio con este cuello de botella, señorita?

**F.** Primero le digo algo, ¿le parece bien si deja de decirme señorita al final de cada pregunta?

**C.** Como asté quiera, señorita.

**F.** Es obvio que no lo maté. ¿Cree usted que estaría tan tranquila con la muerte de un hombre en mi conciencia?

**C.** Las preguntas las hago yo, señorita. Ansina hacemos las cosas aquí, ¿entiende? Bien, mire asté, seguiremos con esto mañana porque hoy es domingo y hay quir a misa. Por de mientras, se quedará asté en la cárcel. Namás es prevención, señorita.

**F.** Como quiera. No tengo nada que esconder.

Acabó el interrogatorio. El comandante llevó a la prisionera hasta la celda y se fue a misa. Flor se quedó dormida sobre la cama sucia que olía a orines y a vómito. Cuando despertó, la luz de la tarde entraba por la ventanita que daba al patio de la presidencia municipal. Había un silencio terrorífico. Estaba mirando los pasillos solitarios y tristes del patio, cuando la cara de Crescencio apareció de improviso en la ventanilla. Tenía abiertos los ojos rojos, y del cuello le salían nervios morados; tenía sangre seca en el cuello, la cara y la camisa desgarrada. Un sonido gutural salió de su garganta cercenada.

Desapareció de la ventanilla y minutos después reapareció en la puerta de la celda. Vestía una sotana negra, como al padre Cuervo y cargaba la mano cercenada del comandante donde colgaban las llaves de la celda. Sin dejar de mirar a Flor, abrió lentamente la puerta.

El solitario pueblo no reaccionó a los gritos terroríficos que duraron tres días con sus noches. Luego cayó la torrencial lluvia que arrastró santos de yeso por las calles.

# Pozole

Era viernes por la mañana cuando la gente de Toxayak se reunió en la plaza principal, junto al nopal, para recibir al nuevo médico, quien resultó muy simpático y movía un pie desesperadamente como si tuviera prisa por hacer algo. Se llamaba Ramón.

Lo recibieron con cohetes, tequila, pulque y música de banda, que se distinguía por el ruido sordo de la tambora. Era un gran acontecimiento. Hacía apenas un mes que el nuevo presidente municipal había inaugurado el hospital. El anterior lo había comenzado, pero fue asesinado en una celebración y no pudo verlo concluído, pero eso era lo de menos, había un nuevo doctorcito.

Ramón dio un discurso atropellado de agradecimiento y prometió atender a cada enfermo del pueblo como si fueran sangre de su sangre. Todos se dieron

cuenta de que era un hombre culto e interesante, por lo que las familias adineradas comenzaron a verse de reojo para ver quién sería el primero en invitarlo a su casa para tener privilegios cuando visitaran el susodicho hospital. Para sorpresa de muchos, el primero en acercarse al médico fue Herculano Arcángel quién, de una forma tosca, le rogó que esa misma noche los acompañara a su humilde casa para cenar, y Ramón aceptó.

La familia Arcángel vivía más allá del puente, cerca del cerro que brillaba entre verde y rojo por la cantidad de chiles que colgaban de sus matas en el cerro, como focos de navidad. Tenían una casita de adobe, con un zaguán largo y oscuro que parecía una cueva. La cocina era grande, con un fogón en la esquina, seguido de su montón de leña cortada por el jefe de la casa.

Cuando llegó Ramón, esa misma noche, la cocina estaba iluminada por un par de lámparas de aceite. En el fogón hervía una olla de barro con frijoles negros. Hipólita quitó los frijoles y puso café de olla. Después, comenzó a tortear moviendo de un lado a otro sus regordetas manos. arrojando la masa blanda, en forma de hostias, hasta el gran comal caliente.

Luego de la comilona con café, iluminados nada más por la luz de las brasas en el fogón, Herculano le dijo a Ramón que tenían por costumbre contar historias de terror. Todos tenían una que aportar cada noche. Josefo Arcángel, de quince años cumplidos, estaba iluminado por una luz tenue roja cuando contó la historia de la anciana del río que le ayudó a subir el agua hasta el falsete cercano a la casa. Timotea Arcángel, con sus veinte cumplidos, contó cuando se le apareció el diablo mientras la-

vaba la ropa en el río. Hipólita dijo que una noche, mientras torteaba, una niña pequeña le ayudó a hacer tortillas. Antes de contar su historia, Herculano pidió al médico que contara una historia.

Ramón dijo que les contaría la historia de una pareja que siguió las  instrucciones macabras del demonio.

—Esta historia tiene algunos momentos que quizá un joven como su hijo no podría escuchar —advirtió Ramón.

—Usté no se preocupe, amigo —respondió Herculano—, aquí no nos asustamos con nada. Vivimos entre fantasmas.

Ramón vió las finas sonrisas de los Arcángel a la luz de las lámparas. Y entonces él, arrellanándose en su silla de madera, miró a sus oyentes iluminados de rojo, y comenzó a contar con voz baja y misteriosa.

...

Cuando Ramón terminó su historia, los Arcángel no hablaron. Él los miró callado también, esperando una palabra de asombro, alguna pregunta que quisieran hacer. Al fin, el médico dijo:

—Disculpen si los he asustado, quizá era una historia muy cruel. ¿Les parece si cambiamos de tema?

Como respuesta, recibió los ojos inexpresivos y rojos de los Arcángel que parecían ser ángeles del infierno, pues él les veía alas negras que se reflejaban en las paredes de adobe con la luz tenue y cereza del fogón. Él no se asustó a pesar de que comenzaba a creer que había cometido un error en visitarlos. Para romper de nuevo el silencio, pre-

guntó nervioso:

—¿Y qué fue del médico que estaba en el antiguo centro de salud, que ahora es hospital renovado?

Herculano sólo movió la cabeza hacia su hija, quien se levantó y salió de la cocina. Ramón les miraba extrañado. Habían sido tan amables y de pronto, después de su historia, estaban callados y recelosos. Se iba a levantar, cuando apareció Timotea con una gran olla de barro que puso sobre el fogón. Entonces Hipólita dijo:

—Al médico aquél lo invitamos a casa a cenar, luego desapareció.

Herculano puso algunos leños en el fogón y comenzó a llenar la olla con agua. Ramón dijo que era tarde y tenía que irse a su nueva casa. La risa del más pequeño de los Arcángel resonó en la cocina, que comenzaba a iluminarse por la luz que daba el fogón ya encendido.

— ¿A dónde? Usted se va a quedar. Mañana comeremos pozole.

El lunes, cuando la fila de personas era una longaniza bajo el sol, supieron por boca de Timotea Arcángel que el nuevo médico ya no estaba en Toxayak.

# Cielito lindo

Nicasio y Nicanor pasaban las tardes sentados afuera del zaguán, cerca de la salida norte de Toxayak. Observaban quién salía del pueblo y quién entraba desde Zacatecas, Aguascalientes o San Luis Potosí.

Eran viejos, con más de noventa años en sus espaldas jorobadas. Sentados y apoyados en los bordones de madera, esperaban la carroza negra o a la muerte misma. De vez en cuando tenían conversaciones divertidas que aliviaban el peso de los años.

En una tarde de septiembre, Nicasio le preguntó a Nicanor.

—Oye, ¿qué opinas de la canción "Cielito lindo"?

—Pues es muy bonita. Todo mundo la canta.

—¿Ésa es tu opinión, viejo decrépito?
Nicanor no se inmutó. Fumó de su pipa de roble, luego, entre pequeños ataques de tos, cantó:

—Ese lunar que tienes junto a la boca no se los des a nadie que a mí me toca...

Guardó silencio. Fumó otra vez de la pipa y dijo:

—Se la canté a Martina cuando éramos novios.

—¿Hace cuánto fue eso, viejo? ¿Quinientos años? —preguntó sarcástico Nicasio.

—Viejo cabezón.

Luego ninguno habló. Observaron por largo rato la calle y luego el cerro. Bajó un auto viejo con placas de Zacatecas y después una motocicleta.

—Entonces —prosiguió Nicasio— ¿qué opinas del verso "De la sierra morena, cielito lindo, vienen bajando"?

—¿Quieres una interpretación o una opinión?

—Lo que quieras. Sólo di algo. Lo que quieras. Piénsalo. No tenemos prisa. Si nos morimos, compartimos opiniones en el infierno.

Los dos rieron mostrando las viejas encías. Luego se miraron, cerraron los ojos y se quedaron dormidos hasta que la sobrina de Nicanor los llevó adentro de la casa, empujándolo en las sillas de ruedas.

Acostados en la cama, con la oscuridad oprimiéndoles desde arriba, los dos viejos pensaban en la canción. Entonces, desde una cama a otra, como dos niños que se cuentan las aventuras del día, comenzaron a charlar de nuevo.

—Nunca había analizado la canción —dijo Nicasio— por eso te preguntaba.

Nicanor no dijo nada. Soltó un pedo que resonó en la oscuridad y una risita salió de sus labios.

—Lo siento, viejo decrépito.

—Me vas a matar, viejo cabezón. Dime tu opinión, quiero saberla por si mañana no despiertas.

Nicanor no respondió y en la oscuridad se escucharon los ronquidos del anciano.

Por la mañana, después de desayunar, la sobrina sacó a los dos ancianos a la calle. Era el día del Sagrado Corazón de Jesús y las calles estaban saturadas de adornos hechos de papel de china, colgados desde las azoteas de una casa a otra. En el piso de la calle había figuras enormes hechas con aserrín de colores rojo, crema, verde, rosa, violeta. La procesión, proveniente de Tixcalpan, llegaría a mediodía. Nicanor y Nicasio tenían un lugar privilegiado para verlo todo.

Mientras esperaban, los dos viejos siguieron con la discusión de la noche anterior.

—Si los ojitos vienen bajando —dijo Nicasio—, ¿quiere decir que quien canta está en la falda del cerro? Porque también puede cantar desde arriba y decir que los ojitos suben.

—En ese caso, viejo tonto, los ojitos serían azules como el río. Son negros cuando bajan porque vienen desde las nubes cargadas de lluvia. Por eso.

Al parecer, los argumentos de Nicanor no convencieron a Nicasio porque levantó el bordón y alcanzó a

golpearlo en una pierna. Con pocas fuerzas, el anciano golpeado quiso regresarle el golpe, pero en ese instante apareció la alta figura del Sagrado Corazón, dentro de su coraza de vidrio, cargado por ocho personas como esclavos del siglo XVI. Y adelante, con las piernas arqueadas, el cigarro en la boca y el manojo de cuetes sobre la espalda, caminaba Alonso, "Don cuetes", encendiendo uno tras otro los tronadores que anunciaban la llegada el Corazón de Jesús. Los danzantes rodeaban a la figura y a los cargadores, bailando con sus coloridas vestimentas, sus huaraches de cuero y las coronas de plumas, semejantes a Moctezumas que brincaban y brincaban.

Con los ojos muy abiertos, los dos ancianos vieron pasar a las ancianas llorosas y a los niños que jugaban y se reían de los danzantes, así como a los señores que se quedaban hasta el final para no cargar la figura de yeso.

La procesión se perdió en la calle principal, rumbo al templo. Dejaron atrás las grandes figuras de aserrín pisoteadas, como salsa machacada en molcajete. Nicanor y Nicasio se habían quedado dormidos en sus sendas sillas.

Cuando despertaron, habían olvidado de qué hablaban antes de dormir. Aun así, en la mente de Nicanor quedaron resabios de esa conversación. Recordaba que hablaban de algo que bajaba o subía. Miró cómo el aire levantaba motas de aserrín de colores. La calle estaba desierta porque la gente había llegado al templo, habían puesto al Corazón de Jesús en el altar y rezaban o lanzaban sus plegarias.

Fue Nicanor quien propuso a Nicasio la gran hazaña, la más grande de todas las que se hayan hecho en Toxayak. Nicasio aceptó, gustoso. Sólo tenía la vida para

perder y ya estaba harto de ella.

—Tú dices que la subida es bajada y la bajada, subida —confirmó Nicanor.

—No, viejo tonto, si estás arriba, bajas; si estás abajo, subes. ¿Entiendes?

—¿Y si estás en medio, como nosotros ahora? ¿Subes o bajas?

—Dependerá la dirección. Si vas pa´llá, bajas; pa´llá, subes.

—Bien. ¿Te parece si nos escapamos de este pueblo y subimos?

—No. Eres tonto. Que uno suba y el otro baje. Luego, nos encontramos aquí y platicamos sobre nuestra experiencia. Tú desde cómo viste todo al subir y yo al bajar. ¿Te parece?

Estuvieron de acuerdo, pero aún tenían un problema. Las sillas tenían el freno. La sobrina era previsora de accidentes. Después de media hora, se quedaron dormidos de nuevo. Luego les despertó el ruido de una motocicleta que trataba de evitar el aserrín resbaladizo de la calle. Era un joven forastero que llegaba del lado de Zacatecas. Se detuvo frente a los ancianos que, adormilados, lo veían con sus viejos y acabados ojos.

—¿Me pueden decir pa´ dónde salgo hacia Xolmipac?

—Derechito por esta calle hasta el puente, joven. Allá abajo —respondió Nicanor.

—Gracias, viejos.

—Oye —pidió emocionado Nicasio— haznos un favor.

Quítale el freno a las sillas pa´ meternos.

Sin pensarlo, el joven se apeó y le quitó los frenos a las sillas. Luego subió a su motocicleta y se alejó.

Los dos viejos se miraron en silencio, preguntándose cuál sería el siguiente paso. Nicasio rompió el silencio:

—Tú jalas pa' bajo, yo jalo pa'arriba. ¿Te parece? El primero que llegue a su destino, es decir, la próxima esquina, canta la canción del "Cielito lindo".

Sin más, ambos viejos movieron lentamente su silla.

—Oye, Nicasio, es difícil para mí. ¿Cómo esperas que suba si no tengo fuerza?

Tú empuja, viejo, no seas llorón.

Y ambos se movieron más. Las dos sillas comenzaron a bajar lentamente, la de Nicasio de frente y la de Nicanor de espaldas. El aserrín se levantaba con las ruedas duras de las sillas. En un momento, ambos iban parejos, como dos autos jugando carreras, sólo que uno se movía hacía atrás. Así se miraron uno a otro y supieron que del golpe que se dieran abajo no saldrían bien librados.

La primera silla en volcarse fue la de Nicanor. El viejo se fue de espaldas y cayó sobre un corazón de aserrín rojo. Estiró una de las manos para aferrarse a la veloz silla de Nicasio, pero éste le pisó la mano y fue a dar de cabeza contra una flor de aserrín.

Entre los jadeos de Nicanor, Nicasio dijo:

—Los ojitos vienen bajando, viejo tonto, pero no son de muchacha, son ojos que recorren páginas de izquierda a derecha, ojos críticos. Parecen dos agujeros negros,

como de muerte. ¿Estás preparado?

—Nunca lo he estado, pero estoy aquí tirado y no puedo correr.

—Yo tampoco.

# Regalo a San Miguel

Marta y Abraham tenían dos hijos pequeños y vivían en un pequeño pueblito llamado Toxayac, cerca de la ciudad. Los años habían ayudado al pueblo que ahora contaba con red eléctrica, teléfono y hasta un banco al que casi nadie iba, pero con el avance tecnológico también llegó la perdición de algunas almas, como decían los viejos que, sentados bajo el Mezquite de los huevones, fumaban sus cigarros Faros.

Cuando Marta y Abraham se alejaron de la religión católica comenzaron con algunas sesiones de espiritismo dentro de su casa y algunos ritos de índole mística, todo con el fin de invocar demonios. Luego de tanto asunto oscuro, pensaron en la salvación de los inocentes niños que, como almas en pena, vagaban tétricamente por los alrededores de la casa. Debían hacer algo. Así que, como otras tantas veces, fueron a ver al doctor y le preguntaron

si era posible que sus hijos volaran. Les contestó que no, excepto si salían de viaje en avión, lo que no les causó mucha gracia.

Por eso, a la mañana siguiente, Marta y Abraham abrieron las cortinas, guardaron las velas, apagaron la estufa y sacaron unas grandes ollas al patio; observaron el pequeño balconcito en el segundo piso de la casa y calcularon la distancia desde el piso hasta el techo. Sobre ellos, en la baranda, estaba la rana de yeso pegada a la orilla con el letrero que decía: “Creo en Dios”, y, justo encima de ella, se abrían cuatro pequeñas ventanas que daban aire y luz a la recámara de los niños.

Él, sin camisa, mostraba su pelo en pecho y la tremenda panza con el ombligo saltado. Vestía short verde con un estampado de Guayabitos y llevaba sandalias rojas con unos calcetines azules. Su cara, rechoncha y chata, parecía un rostro pegado a un cristal; sus ojos parecían tener conjuntivitis ya que no había dormido desde hacía dos días. Su esposa era el vivo retrato de él: panza, ojos saltones y rojos —también de no dormir.
Abraham subió al balcón y ordenó a su esposa —que en ese momento se limpiaba el sudor con el dorso de la mano— para que le arrojara la soga que habían comprado en una tienda la tarde anterior, junto con las velas y otros menesteres. Una vez arrojada la soga, él regresó una punta abajo para que ella, con nudos ciegos, amarrara las ollas tapadas para subirlas al balcón. Luego, fueron a desayunar dejando las ollas y las sogas. Los niños no estaban presentes y los dos esposos, sentados a la mesa, se sonrieron cómplices.

Durante el día miraron programas sobre las diferentes formas de morir en su vieja televisión a blanco y negro, sobre el estado de la locura y los asesinos seriales. Hicieron el amor mientras escuchaban un programa de radio sobre el satanismo y sus implicaciones macabras, y se pasmaron con una película de fantasmas dementes y asesinos, luego se vistieron de bomberos para asistir a una fogata ficticia en el baño.

A las tres de la tarde, mientras comían, sonó el teléfono: el director de la escuela preguntaba, con voz serena pero preocupada, por qué Isabelita y Manuelín no habían asistido a la escuela.

—Cuestiones de salud, director, ya ve los niños -contestó despreocupada Marta.

Abraham le miró sonriente y asintió. Ella soltó el teléfono y fueron, como poseídos, al cuarto de tareas de los niños. Se vistieron de maestros e hicieron el amor entre libros y cuadernos.

Durmieron tres horas sobre la alfombra y se levantaron a las diez cuando el pueblo, a esa hora de la noche, estaba como un bebé dormido. Cenaron pollo en salsa agridulce; miraron otra película hasta que recordaron que tenían que vaciar las ollas antes de que amaneciera, así que subieron los dos al balcón y luego él al techo. Ella le arrojó la soga y le ayudó a empujar un poco para que él no se lastimara con el peso. Cuando las cinco ollas estuvieron arriba las vaciaron y luego las bajaron de nuevo al jardín y después las llevaron a la cocina.

Era de mañana cuando, sentados frente al comedor y con el cereal sobre la mesa, recordaron la risa de Isabelita

mientras le arrojaba hojuelas de maíz a su hermano, y papá le reprendía.

—Tenemos que lavar las ollas —dijo Martha después de verter leche a su cereal.

—Lo haremos más tarde, —respondió él— ahora hay que desayunar.

Terminaron su cereal y se miraron perplejos unos minutos. Abraham se levantó y encendió el televisor. Marta lavó los platos, sacudió la mesa, llevó las ollas a un rincón de la cocina y fue a sentarse al lado de su esposo.

Miraron la televisión como autómatas, casi sin parpadear. Algo carcomía sus cerebros, un pensamiento vago, como de culpa. Desconectaron el televisor y fueron a ver el cuarto de los niños: juguetes por el suelo, mochilas sobre la cama y osos de peluche colgados del techo.

—Sigo creyendo que no volarán —dijo Martha.

Abraham la miró serio, como adivinando un futuro no muy lejano. Observó los osos colgados y dijo:

—Era la fiesta de San Miguel y necesitaba un regalo. Dejamos de ir a misa, de confersarnos, de ser buenos católicos, así que era la única forma de regresar a Dios, como hijos pródigos arrepentidos.

Por la noche, recostados en la cama, escuchaban la lluvia que caía a cantaros e imaginaron que San Miguel Arcángel bajaba lentamente y se llevaba a los niños para estar con él.

Cuando los vecinos se dieron cuenta de que ni la pareja ni los hijos habían salido de la casa desde la semana anterior, tumbaron la puerta y entraron buscándolos. No

los encontraron. En el piso había una estrella pintada con sangre y en la pared dos sombras marcadas, como si se hubiera incendiado la casa y los haya agarrado el fuego parapetados contra la pared.

# El hijo

Una multitud de personas los esperaba cuando descendieron del autobús el lunes por la mañana. Pedro y Toña estaban felices, y detrás, aferrado a la falda, Daniel, cabizbajo y asustadizo.

Todo fue abrazos y jolgorio.

—¡Venga para acá, compadre! —Le gritó Pepe a Pedro corriendo a su encuentro— ¡Dame un abrazo, caramba!

Los amigos se abrazaron. Pedro le mostró orgulloso a su hijo.

—Fuimos a la ciudad y lo trajimos. Nos costó mucho, pero lo logramos. ¿Verdad, vieja?

—Sí, pero tamos gustosos —respondió emocionada la aludida.

—Salude a su padrino Pepe, mijo.

El niño estiró su manita. El padrino la estrechó con fuerza.

—Está fuertecito el muchacho. Crecerá mucho y será como un roble. Iremos a pescar, ¿verdad?

El niño asintió con la cabeza. Pedro y Toña se miraron cómplices y emocionados.

En la Central Camionera de Toxayac todo eran preguntas y sonrisas. Desde el fondo, cerca del autobús más viejo, el padre Cuervo los observaba. Poco a poco, conforme las personas se iban alejando, la familia se acercaba más y más al santo sacerdote que parecía tener paciencia infinita.

—Veo que regresaron sanos y salvos, hijos —les dijo apenas los tuvo cerca— y que traen una pequeña alma al reino de Dios. Ya saben que cuando quieran bautizar el templo está abierto y es gratis para ustedes. ¿Cómo lo llaman?

—¡Muchas gracias, padrecito! —respondió Toña haciendo una reverencia casi hasta tocar el suelo—, lo llamaremos Daniel y, si nos lo permite, queremos bautizarlo el quince de marzo, que es nuestro aniversario de bodas. Haremos una fiesta grande, pa´ que vaya.

—Muy bien. Hablé con la maestra de la escuela y va a permitir que el niño se integre a un grupo esta misma semana. Así que tienen que ir a verla hoy o mañana para que el niño pueda unirse rápido.

—Claro que sí, padrecito —respondieron los dos casi al unísono.

—Y tú, pequeño —le dijo el padre Cuervo a Daniel—,

quizá quieras ser monaguillo, para después entrar al seminario y estudiar para sacerdote y servir a Dios, ¿qué te parece?

El niño lo miró entre serio y tímido. Luego dijo con voz baja:

—Quiero ser ingeniero para curar personas.

El padre Cuervo sonrió.

—Más bien médico, ¿no crees?

—No, ingeniero. Hay personas a las que se les caen tornillos, quiero ayudarlos.

—Je, je, je, eres muy ocurrente, pequeño. Bueno, aprenderás mucho en la escuela. Avísenme entonces el día exacto del bautizo, por favor —dijo después a los papás, y se fue.

Agotados, fueron directo a casa y desayunaron copioso. Daniel no probó alimentos. A medio día visitaron la escuela. El niño conoció a sus nuevos compañeros que no paraban de hacerle preguntas cómo "¿Y qué hay en la ciudad?" "¿Es verdad que todas las personas son como máquinas, que van de un lado a otro haciendo ruido porque no tienen aceite?" "¿Cómo son las fábricas?"

Regresaron a casa y disfrutaron en familia mirando la televisión vieja que les quedó después de los gastos realizados para ir a la ciudad. La familia López, que tal era el apellido de Pedro, había hecho un gran sacrificio al vender el rancho, con tractores, vacas, caballos, gallinas y sembradíos. Sólo se habían quedado con la vieja casa y unos cuantos muebles... todo por Daniel.

—Voy a la ferretería —dijo Pedro tomando su sombrero y caminando hacia la puerta—; compraré unos tornillos.

Daniel sonrió y dijo en voz baja:

—Cuando crezca podré comprar tornillos y arreglar a la gente.

Pedro trabajaba arduamente de noche. Ya se escuchaba un martillazo aquí, uno allá. Apretaba una tuerca, ponía grasa, apretaba tornillos. Luego salía por la mañana, ojeroso, cabizbajo, agotado, rumbo al templo y miraba al padre y hablaba con él, y el santo sacerdote le decía una y otra vez que hacía ya dos meses que habían regresado de la ciudad y que no hubo ni bautizo, ni fiesta, ni escuela para el niño, nada.

—¿Qué será de su sueño de ser médico, Pedro? ¿Eh? ¿Crees que es correcto que lo mantengas trabajando en tu taller para autos mientras los demás niños juegan y estudian? ¿Para eso lo trajiste de la ciudad? ¿Para eso lo sacaste de un orfanato?

—No, padre —contestaba el asustadizo Pedro—, no..., pero no creía que... mejor olvídelo. Ya me voy porque me esperan en la casa.

Fueron los vecinos, que hartos del ruido, acudieron una tarde a la casa de Pedro para pedirle que dejara de trabajar de noche, que por todos los cielos de Toxayac, los dejara dormir aunque sea un día, sólo uno.

Así pues, para calmar las aguas, por fin Pedro dejó de trabajar de noche. Y un día, por fin, el padre Cuervo recibió la fecha para bautizar al pequeño que los López habían traído desde la ciudad.

Y ahí estaba, ese 18 de junio, el feliz pequeño vestido de blanco, de pie junto al padre, dispuesto a ser bautizado en la Santa Iglesia Católica. La madre sonriente y Pedro aún con un poco de grasa en los pantalones.

—Nos ponemos de pie, por favor —ordenó el sacerdote—. Acérquense los papás. ¿Cómo llaman al niño?

—Daniel —respondieron nerviosos.

—Muy bien. Ven para acá, Daniel. Normalmente los padres cargan al bebé, pero ya no eres un bebé. Así que tendrás que meterte sólo a la pila porque tampoco yo puedo cargarte.

Unas cuantas risas se escucharon en el templo.

—Entra pues aquí —ordenó el sacerdote a Daniel.

Pedro miró a Toña.

—Daniel, yo te bautizo en el nombre del Padre, del Hijo y del Espíritu...

Entonces desde el agua comenzaron a salir chispas primero y humo después. Olía a quemado. Daniel se cubrió de llamas. Las viejecitas comenzaron a clamar a Dios y a gritar que el demonio estaba en ese niño adoptado de la ciudad que sólo había llevado la perdición a Toxayac, pueblo santo, pueblo de cantera, de vida, de mártires y ríos frescos.

—¡Los circuitos! ¡No le puse la tapa de la cola! —gritó Pedro, asustado. Corrió a sacarlo y lo dejó sobre el piso y aunque intentó apagarlo, el pequeño robot se hizo una carcasa humeante de hierro.

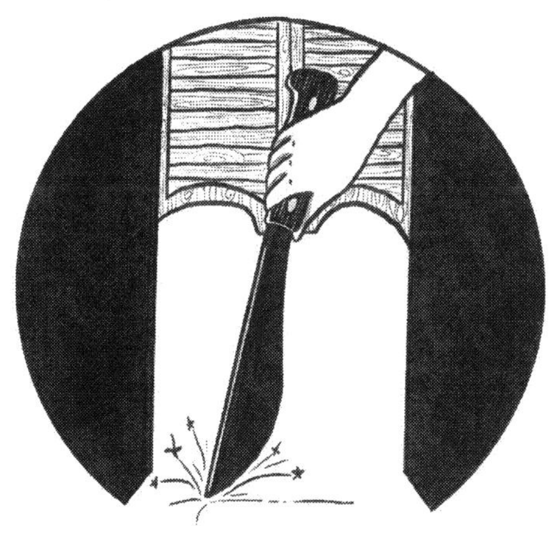

# El bautizo

Es bien sabido que a los borrachos violentos nadie los quiere cerca y que generan en las buenas personas de Toxayac una especie de odio y lásti ma. Luego esos borrachos, al no ver a nadie cerca para comenzar una pelea, buscan hasta encontrarla, incluso hasta con animales, como perros o vacas. Así que la historia que nos ocupa es la de un hombre borracho y violento, pero con un corazón religioso.

Tiburcio llevaba por nombre, "El tajo" por sobrenombre. Tenía fama de ser violento, de maltratar a su mujer y a sus hijos, de toquetear a las mujeres, a las ovejas y a lo que se pusiera en frente cuando andaba ebrio, que era casi a diario.

En el pueblo ya se hablaba de que en cualquier momento el presidente podría meterlo a prisión debido a que una noche salió armado con un rifle y mató a treinta vacas de don David quien, enojado, estuvo a punto de arrojar al ebrio por el puente mientras éste se reía y gritaba:

—¡No me puedo morir, Deivid! ¡Aún no me bautizo con la sangre de tus vacas!

El padre Cuervo, consciente de la situación, intentó hablar con El Tajo, pero no pudo encontrarlo una sola vez en su sano juicio. El hombre, al ver al sacerdote acercarse, decía una y otra vez:

—¡Ahí viene el padrecito, que me bautice! ¡Bautíceme! ¡Bautíceme en la sangre del señor!

El padre Cuervo se alejaba entonces, sabedor de que ese hombre estaba poseído por el espíritu maligno del alcohol. Pero no fue el único que intentó ayudarlo, ya que otras personas del pueblo, sobre todo locatarios del mercado, se organizaron para pagarle la grata estadía en un centro de adicciones de la ciudad. Se lo llevaron y estuvo encerrado unos cuantos meses. Cuando regresó parecía un hombre nuevo: rasurado, más repuesto, aunque seguía teniendo la misma mirada fría y la sonrisa cruel.

Poco a poco fue acercándose a la cantina. Comenzó yendo a la iglesia, que estaba a unas cinco cuadras de su destino; luego pasaba gran parte del día en la óptica, platicando con el viejo oftalmólogo sobre enfermedades del corazón; unos días después estaba con el lustra za-

patos, fumando y charlando sobre diversos temas. Y de pronto, un día, estaba en la puerta de la cantina empujando las puertas para que entraran los que llegaban o salieran los que se iban.

—Pase usté, joven, ándale que adentro le dan pulque y tequila.

Dos horas después estaba dentro de la cantina, borracho y contando sus aventuras en el centro de adicciones, sobre los tipos que había conocido, que de verdad estaban mal, no como él.

—De todos modos me hacía pendejos a todos porque cuando entré llevaba una botellita de alcohol que escondí en los calzones y le echaba un trago de vez en cuando. Creían que me recuperaba de no sé qué y yo bebiendo en sus narices.

—El único pendejo ahí eras tú —le dijo Beto—, porque ibas a recuperarte del alcoholismo y saliste pior.

—A mí me vale madres lo que digas, Beto. Es más, ya me tienes hasta la chingada. Orita vengo.

Y se fue. Cuando regresó cargaba un machete largo con el que comenzó a raspar el piso de un lado a otro, meneándose agachado.

—Ora sí, pinche Beto, te voy a machetiar.

—¡Tranquilo, Tajo, deja ese machete! —le dijo el cantinero.

—Me tiene harto con sus chingaderas, ya sé que él organizó lo del lugarcito ése. Yo lo voy a mandar a otro lugar mejor llamado panteón con papá Dios.

Y comenzó a seguir a Beto que se protegía detrás de las mesas y las columnas de la cantina. Todos se hicieron a la orilla, esperando no ser alcanzados debido a los movimientos erráticos del Tajo.

Beto llegó a la puerta y echó a correr hacia el río. El Tajo lo siguió y, cuando lo vió cerca de la orilla, le dijo:

—Ora si no corres, cabrón.

Iba a abalanzarse contra él cuando vió que Beto traía en las manos un par de piedras redondas, del tamaño de un par de naranjas.

—¡Te mueves y te tumbo con una de éstas en la cabeza!

Beto era conocido como uno de los que mejor tino tenía con piedras. Entonces el Tajo se dejó caer al piso, arrojó el machete e imploró:

—¡No te creas, Betito, era broma lo del machete! Es más, te lo regalo, llévatelo, pero con piedras no.

Llegó el comisario Fidel, lo esposó y llevó a la cárcel donde estuvo gritando toda la noche que Beto lo había intentado matar.

Duró dos días sin beber, lo que había sido una gran sorpresa para muchos, ya que pensaban que sería cosa de todos los días. Y al tercer día bebió: era lunes. La gente estaba en casa, descansando después de un día agotador en el mercado, en el sembradío de chile, de calabaza o de frijol. En casa de Beto había tortillas recién hechas, frijoles con queso fresco y café de olla. La familia platicaba en la segunda habitación de la casa,

mientras cenaban. Hacía tiempo que, debido a los arreglos de la casa, habían decidido comer en la habitación y no en la cocina de abajo. Comían tranquilos cuando en la puerta del patio se escuchó un ruido. Beto asomó la cabeza por la ventana y vio al Tajo golpeando la puerta con el machete.

—¡Baja, gallibeto! ¡Orita nos partimos la madre como hombres! —comenzó a gritar.

Beto no salió. Entonces la familia se congregó en la ventana para ver qué hacía el borracho. Estuvo dando vueltas cerca de la puerta: tropezó, se levantó y volvió a caer. Luego se arrastró hasta el eucalipto frente a la casa y, dando la espalda a los curiosos, desabrochó el sucio pantalón y comenzó a orinar. Reía mientras lo hacía. Luego puso sus dos manos por delante para recibir los orines y comenzó a bañarse con ellos mientras gritaba:

—¡Yo te bautizo con el nombre del Tajo, hijo de Dios! ¡Ay, qué calientito bautizo!

Y sin subirse los pantalones echó a correr hacia el centro del pueblo gritando una y otra vez:

—¡Estoy bautizado con el agua sagrada! ¡Aleluya!

# La maldición del pocito

Felipe fue el primero en bajar por el estrecho arroyo y darse cuenta de que de un costado rezumaba agua fresca y cristalina. Así que invitó a su primo Dimas para que juntos hicieran un pozo para tomar agua fresca después de la cruda del fin de semana, luego de emborracharse con tanto pulque.

Primero tallaron algunos escalones en las orillas del arroyo para que las personas -y ellos mismos medio ebrios- pudieran bajar sin tropezar o caer en el agua. En algunos lugares llevaron piedras lisas que funcionarían como plataformas saltarinas. Tallaron el pozo en la pared, un poco en diagonal y hacia abajo. Cuando llevaban medio metro, el agua brotó y comenzó a llenar el pequeño pozo. Escarbaron un poco más hasta que

no pudieron hacerlo más, sacaron el agua café y al final, tallando un poco las orillas, lograron dejar un pozo de agua brillante.

Como cerca del arroyo había una cañada hermosa, le llamaron "el pocito de la cañada" y lo presumieron a todos. Luego fue el padre Cuervo y arrojó agua bendita para que Dios permitiera que el agua nunca faltara en ese pozo sagrado.

En esa época en Toxayac había pozos en cada casa y el agua se sacaba desde el fondo con cubetas, pero el pequeño pozo del arroyo tenía un lugar especial en cada habitante de ese pequeño pueblo, por lo que lo cuidaban mucho. Cuando la lluvia llenaba el pocito de hojas o piedras, al día siguiente bajaba Elisa, muy temprano, limpiaba el pozo, dejaba una vasija para que todos tomaran agua y luego subía a su casa, feliz del trabajo realizado.

Los niños que regresaban de trabajar con sus padres en la siembra o después de jugar, bajaban al pozo, bebían agua y reían. Por las noches pasaban muchas personas y las leyendas en torno al arroyo comenzaron a surgir.

— Vi una puerca sin cabeza y con puerquitos —contó Nicolás una vez en la cantina, mientras encendía su cigarro de hoja— y me dijo que necesitaba algo de comida para sus puerquitos. Lo dijo así: "*oink, oink, oink*"

—Yo vi un hombre jorobado, desnudo, como que cagaba. Me sacó un susto de muerte y salí corriendo —contó el asustadizo Pepe.

Todos comenzaron a reír y el cantinero dijo:

—Ese no era otro que Rudecindo, le gusta asustar a todo el que pasa por el arroyo.

—Pa la otra tírale una piedra y verás cómo sale corriendo él —recomendó Fidel.

Mientras bebían pulque, fumaban y contaban historias, llegaron a la conclusión de que había una maldición que rondaba el pozo y que no era normal que se sucedieran tantas cosas extrañas. Fidel fue por Felipe y le pidieron que contará por qué había entrado al arroyo y cómo se le había ocurrido hacer un pozo.

—La verdad es que estaba un poco borracho. Regresaba a mi casa y cuando me paré en el arroyo a orinar, vi por donde está el pozo que una muchacha me hacía señas. Pensé que era algo tarde para andar lavando, porque apenas oscurecía, así que bajé a saludarla y de paso darle unos besitos si quería, pero no. Me tropecé cuando iba bajando y al levantarme ya no la vi. Seguí el arroyo hasta donde pude y antes de llegar al filo de la cañada, vi que salía agua. Toqué con mis manos y probé. Estaba fresca. Al salir del arroyo ahí estaba ella, la muchacha...

—¿Era bonita? ¿Estaba desnuda? —preguntó alguien.

—No, nada de eso, no era muchacha pues, era ya como señora, o eso recuerdo pues. En fin, me dijo que fuera por mi primo para que me ayudara con un pozo, que ahí daría mucha agua, pero que fuera un pozo pequeño para que todos tomaran agua sana. Luego me advirtió que ese era su terreno, que ahí vivía, bajo aquellas rocas, esa fresca agua y que un tal "Taloc" era su esposo, que nada de hacer casitas o desmontar para sembrar porque su esposo se enojaba mucho. Y pos ahí ta el pozo.

—¿Entonces era una muerta? —preguntó interesado Filomeno—, ¿y si buscamos su tumba? A lo mejor tiene mucho oro.

—Prefiero vivir pobre que maldecido —contestó Felipe.

Siguieron platicando sobre el pocito, las tierras, las mujeres y la vida. Al final cada quien se fue a su casa y contó su propia versión a su familia. En la familia de uno de ellos estaba el pequeño Jesús que, al escuchar la historia de la boca de su padre, se propuso en el futuro buscar el tesoro y hacerse rico.

Jesús creció, hizo su negocio en el norte y regresó años después para hacer de Toxayac un mejor pueblo... a su manera. Dio trabajo a mucha gente en sus tierras de labranza, en las obras realizadas donde siempre estaban Dios y la virgencita por delante.

Y, como bien dice, tanto va el cántaro al agua hasta que se llena. Un día escuchó a un trabajador suyo hablar de que su padre había dejado intestado el terreno cerca del pocito, y aprovechó. Usó influencias y dinero para comprar el terreno y personalmente se encargó de buscar la tumba de la mujer del pocito, la de la maldición. Buscó y buscó, tumbó carrizos, cortó árboles y destruyó madrigueras de conejos. La tumba no apareció. Entonces mandó construir unas cuantas casas en el terreno más firme sobre el arroyo y entre tanto mover y remover, la bajada al arroyo era cada vez peor, el agua estaba contaminada y era imposible tomarla. No más pocito. La gente de Toxayac comenzó a pensar que era el momento que nunca habían querido que llegara, pero

lo hizo. Quizá era buen momento de optar por las botellas de agua, por pedir al mediocre presidente que buscara la forma de proveer agua de la presa al pueblo.

La presa había sido construida por Jesús, cerca de su casa de campo. Estaba orgulloso de su obra, del dinero que le había invertido. Le había llamado La presa de San Francisco de Asís, porque creía que la humildad y el buen trato hacia los animales lo definían como persona.

Una tarde de agosto, cuando el buen Jesús llegó a Toxayac para las fiestas, paseaba en su camioneta blanca por el pueblo y llegó a visitar sus nuevas casas. En la entrada de la puerta encontró a una señora, quien le preguntó qué deseaba.

— Mandé construir estas casas, yo las rento.

— ¿Usted es Jesús, el que vive cerca de la presa?

—Así mero —respondió él, seguro y feliz de conocer a una inquilina—, supongo que Alberto, el encargado, les rentó la casa.

—En realidad esto es de nosotros, mi esposo está molesto con usted. Pronto le hará una visita.

Cuando Jesús iba a responder algo, la mujer desapareció. Los peores miedos llegaron a la mente del hombre que recordó las historias que su padre le contaba en su niñez. Se persignó, fue al curato, llamó al padre y le contó la historia. Ambos regresaron a las casas y las rociaron de agua bendita. Luego Jesús se fue a su casa. Rezó el rosario antes de dormir y se acostó. Comenzó a llover despacio y luego las gotas fuertes pegaban contra los cristales y las puertas. El agua del río

arriba bajaba deprisa y la presa se llenaba poco a poco hasta que no resistió. La casa de Jesús fue la primera que fue arrastrada por el agua, luego otras más abajo hasta llegar al pueblo, arrastrando lo que a su paso se encontraba. Y mientras era arrastrado por el agua Jesús recordó la frase que le contó su padre y que había dicho Felipe:

*Prefiero vivir pobre que maldecido.*

Este libro se terminó de imprimir en la humilde imprenta de Susano Ornelas, en Toxayak, México, el 27 y 28 de julio de 2021. Se agradece la participación de Felipe el Monaguillo por traer el vino y al Padre Cuervo, quien revisó que las historias se ajustaran a las santas leyes de Dios.

Made in the USA
Middletown, DE
28 January 2022